U0461923

一个影响世界的学术大师的最后一段人生路：
从他的文字，到他的内心生活。

LES DERNIERS JOURS DE
ROLAND B.

罗兰·巴尔特
最后的日子

【法】埃尔韦·阿尔加拉龙多(Hervé Algalarrondo)◎著

怀宇◎译

中国人民大学出版社
·北京·

献给妈妈

人们越出名就越受到尊重：
他们是在不知之中实现的。

—— 让·博朗（Jean Paulhan）

如果我是作家，而且我死了，我多么希望有一位友好而又不客气的传记作者细心地把我的生命简化为某些细节、某些爱好、某些变故……总之，是一种有缺漏的生命。

—— 罗兰·巴尔特

目　录

Les derniers jours de
Roland B.

开头的话

在街上，只要看见那些不认识的、举止明显异样的行人，我就会禁不住激动起来。我的脑海里，总是闪动着一个满面泪痕、懒散地待在朗格大街的电话亭里的男人形象，总是闪动着一个在里窝利（Rivoli）大街上冲着往汽车喊叫的男人形象。但是，我从来没想到，有一天，一位明星也会如此。确切地说，罗兰·巴尔特在 20 世纪 70 年代末就处在这种状态之中了。

那是在帕拉斯剧院①——当时，在这个夜巴黎的圣殿里，正在举办塞尔日·甘斯布②的音乐会。首演的晚上，我

---

① 帕拉斯剧院（La Palace）：位于巴黎第九区，在 1978—1983 年是非常时髦的巴黎地下文化活动俱乐部所在地。——译者注（本书注释均为译者新加，不再——注明）

② 塞尔日·甘斯布（Serge Gainsbourg, 1928—1991）：法国作曲家、歌唱家和电影人。

有幸坐在阿拉贡①与巴尔特之间的一个包厢里。在这两个人之间，对比是多么鲜明啊！诗人光彩照人，思想大师则陷入冥想。诗人刚刚失去母亲。这种失去显然解放了诗人。他周围是一群年轻人，而他的兴奋几乎预示着某种不祥。这思想大师的忧伤，是忧伤吗？25年之后，我仍保留着一个消沉男人的一幅照片：他被封闭在注定与整个大厅的热情不协调的一种孤寂之中。

　　如果不是在此之后他的命运急转直下，我大概会把这张照片放进自己的相册里。几天之后，一辆小卡车在法兰西公学②的对面撞倒了巴尔特——他每周六上午都到那儿为痴迷的听众讲课。一个月之后，巴尔特在医院里去世。在文艺界广为散布的一种传闻，由一位新闻界的朋友传到了我这里：巴尔特撒手人寰。像阿拉贡一样，他刚刚失去了他最深爱的，甚至是同甘共苦的一位女性：他的母亲。但是，这种失去，远没有解放他，而是让他失去了生活情趣……

　　在帕拉斯剧院的相遇之前，对我而言，巴尔特只不过

---

　　① 阿拉贡（Louis Aragon，1897—1982）：法国诗人、小说家。
　　② 法兰西公学（Collège de France）：在其他书籍中也有译为"法兰西学院"的，但因通常称为"法兰西学院"（Académie Française）的机构也在此书中出现，为了区别，故对前者采用这一译名。

Les derniers jours de
Roland B.

是一个名字。不过很快，我就产生了叙述他的陨落的强烈愿望。然而，一家出版商肯定地告诉我，这一想法实现不了，因为它太有悖常理了。大师的任何朋友都不会同意讲述他最后的日子。我一个劲儿地解释，说我丝毫不会损坏一位伟大的人物，而只是想阐述他个人的人性部分，然而毫无结果。 13

25年之后，我何以又重拾这种想法了呢？我也刚刚失去母亲。母亲的逝去使我陷入了迷茫的忧郁状态之中，可这与巴尔特经历过的沮丧毫不相关。但是，我又一次与巴尔特相遇了。在一位朋友农村的家里，我在他的书架上翻书，就在斯卡布勒尔词典①旁边，我发现了《明室》（*La Chambre claire*）一书的初版本，那是他的最后一本书。

最前面的文字是符合大师的声望的，因为都是些行话。而当我读到巴尔特回忆他故去的母亲的段落时，我把书放回了原处。这本书变得完全不同了。巴尔特清晰地剖析了他面对母亲的一张照片时的情绪，照片中的母亲还是一个孩子，站在冬天的一个花园里。从此，我便荣幸地开始了

---

① 斯卡布勒尔词典（dictionnaire de Scrabble）：一种在1948年由美国发明的、可随意用7个字母组成尽可能多单词的组词游戏。

与他的心灵约会。

　　在调查中，我惊奇地发现这一事业是正确的。在母亲去世之后，巴尔特曾经很想放弃随笔，转而改写小说。他的榜样——马塞尔·普鲁斯特[①]就是在母亲去世之后开始文学创作的。他在讲授课程的同时，也在为一小部分听众开办研讨班。研讨班最后一课的题目是"普鲁斯特与摄影"。然而，这次研讨班未能开办，只留下一篇介绍性文字，文字前有一句古怪滑稽的告白："并非排除马塞尔本人。"巴尔特在到了一定年纪的时候，公开说自己更被人而不是被作品所吸引，更被马塞尔而不是被普鲁斯特所吸引。于是，我便经常把巴尔特留给属于巴尔特家族的人，为的是把精力集中在罗兰身上。[②]

　　罗兰。认识他母亲的人都说，她经常把这个名字挂在嘴边。最后一个夏天，他们在巴约纳市附近的于尔特村，

---

　　① 马塞尔·普鲁斯特（Marcel Proust，1871—1922）：法国意识流派作家，其代表作为系列小说《追忆似水年华》（A la recherche du temps perdu），罗兰·巴尔特在其多部著述中引用了该作品。

　　② 这里需要解释一下：按照法国或西方的姓氏习惯，名字放在家姓之前，也就是说，名字是指家族中的某个人。所以，罗兰·巴尔特更关心马塞尔这位"个人"，是这位"个人"写了《追忆似水年华》，而不是姓"普鲁斯特"的所有人。由此，启示本书作者选择使用罗兰这个名字，而不为其加上"巴尔特"这个家姓。

Les derniers jours de Roland B.

母亲的心脏跳动越来越微弱，脚步也越来越沉重。她几乎不大出门，把自己封闭在二楼的房间里。只有当热尔省^①的老邻居——一对双胞胎兄弟——路过这里时，她才下到一楼客厅。傍晚时分，罗兰把他的几位客人带到花园里，这时，母亲说话了："罗兰，披上披肩，外面有点凉。"儿子没有丝毫恼火，而是说："是的，妈妈，我这就披上。"当时，他已经61岁，她84岁。他们母子，还有罗兰的弟弟，一直生活在一起。

研究罗兰——这便是我调查的意义之所在，非看重罗兰本人者，不需要读这本书。

---

① 法国南部比利牛斯大区下属的一个省。

1 第一堂课

15   当然，她会坐在第一排。弟弟早就用罗兰的红色甲壳
虫汽车①把她带出来了。作为家里的靠山，罗兰通常不让
家人参与知识界的应酬。但是，对于罗兰来说，在法兰西
公学的首次开课，实实在在是一种特殊的荣誉：由于青少
年时期就患上了肺结核病，他实际上没有任何大学文凭。
他会由母亲挽着胳膊走进挤满宾客的大厅吗？他会随后把
母亲领引到为她安排好的座位上去吗？他的传记作者认为
可以做这种判断。然而某些证人对这一点并不是很肯定。
他们已不记得有过如此戏剧性的场景。不过，母亲当时已
经病得很厉害了。也许，她更需要长子搀扶着走到她的椅

---

① 甲壳虫汽车（la Coccinelle）：德国大众汽车公司（Volkswagen）生产
的第一种微型汽车。

Les derniers jours de
Roland B.

子那里。

她坐在第一排，身边是法兰西公学的一些明星，如米
歇尔·福柯[①]，还有路易·勒普兰斯-兰盖[②]，以及与罗兰
接近的巴黎文艺界的名人，如阿兰·罗伯-格里耶[③]和菲力
普·索莱尔斯[④]等。索莱尔斯亲吻了她的手。罗兰对这一
举动非常满意。这次开课，几乎与三年之后塞尔日·甘
斯布的巴黎首演一样成了社交界的大事件。只不过，只
有被邀请的人才有座位，其他参加者都必须临时为自己
找安身之处，或席地而坐，或站在门口。那一天，罗兰
的光彩达到了顶峰。索莱尔斯证实：他"简直像是柏格
森"[⑤]。

就像罗兰所诙谐地指出的那样，在 61 岁的时候，他终

———————————

[①] 米歇尔·福柯（Michel Foucault, 1926—1984）：法国结构主义哲学
家。

[②] 路易·勒普兰斯-兰盖（Louis Leprince-Ringuet, 1901—2000）：法
国物理学家、工程师、科学史作家和随笔作家，亦为法兰西公学讲座教
授。

[③] 阿兰·罗伯-格里耶（Alain Robbe-Grillet, 1922—2008）：法国新小说
派代表作家之一。

[④] 菲利普·索莱尔斯（Philippe Sollers, 1936—　）：法国作家和《原样》
杂志的创始人之一。

[⑤] 柏格森（Henri Bergson, 1859—1941）：法国哲学家。

于从小学到了中学①。小学即高等实用研究院（Ecole pratique des hautes études），他 1966 年时进入那里讲课。他在那儿开办听众面比较窄的研讨班，根据身体标准和大学受教育水平亲自选择参加者。在 50 岁之后，他放弃了与同龄人在一起，而更喜欢让一些小伙子陪着。通过研讨班的媒介手段，他编织了一个真正的年轻知识分子关系网——他们通常都是些同性恋者，这些人以罗兰为中心又组织起了第二个家庭。在最后的日子里，他认真交往的，都是他的学员：神秘莫测的让-路易（Jean-Louis）、迷人的尤瑟夫（Youssef）、他最喜欢的另一个罗兰，还有其他一些人。很少有女人。不过，罗兰对女人也赋予了同样的热情。他们在高等实用研究院附近街道的一家咖啡馆里继续着课程。而到了年底，所有的人又都聚集在同一条街的一家中餐馆里。一年当中，老师和他最亲近的学生多次一起用餐。

17

---

① 罗兰·巴尔特最早这样说，见于其在法兰西公学讲授的"如何共同生活"，他说："在何处链接？在高等实用研究院。何时链接呢？去年，在一次很小的研讨班上，那个研讨班所设想的——不，所处理的主题是：'言语活动的恐吓。'因此，我要说：我在接受这个词语的同时，还想指出，在我看来，在'小学'与'中学'之间不存在不连续性。"在法语中，"小学"与"研究院"都使用同一个单词"Ecole"，而"中学"与"法兰西公学"都使用"Collège"。因此，"从小学到了中学"一语，指的就是从高等实用研究院到法兰西公学。

Les derniers jours de Roland B.

在进入法兰西公学之后，他便与这种家庭环境断绝了来往。因为预感到他会怀念高等实用研究院里的平静气氛。"他曾经犹豫是否去当候选人，他之所以去，部分原因是为了他自己——不管怎么说，他会在这样有威望的学府里受到崇敬，部分原因也是为了他的母亲，这是他可以给她的最后礼物，因为他已经知道母亲将不久于人世了。"另一位罗兰，也是他最后的所爱，建议他不要跳槽，然而罗兰最终选择了另辟蹊径。现在，他一个人站在讲台上，面对着期待看一场真正独角戏的大群听众。

也许，1977年1月7日约17时30分，在法兰西公学第八教室发生的事情使他感到害怕。那一天，他穿着他始终不换的粗呢上衣，喝了一口水后缓缓开始讲课。他滑润的嗓音构成了他的魅力之一——一种真正的"狂想曲"（克里斯蒂娃[1]），他有条不紊地讲了课程的前面部分。有个学生做了对比："我也听过米歇尔·福柯的第一堂课：根本听不清楚。罗兰很快就度过了他的怯场阶段。"他不只是仪表堂堂，而且很快就表现得像是"一位不太确定的主体"。他

---

[1] 克里斯蒂娃（Julia Kristeva，1941— ）：祖籍保加利亚的法国符号学家、女权运动发起人之一。

进入法兰西公学，正式身份是专门为他开设的文学符号学讲座的讲师。但是，他指出，由于他很早就不搞这一专业了，所以他没有什么题目可用来确立他作为研究符号的符号学家的身份。

说真的，从来没有谁能明确指出这位老师是哪一学科的教皇。但他肯定是教皇，因为他的影响力超过了由他的弟子们所组成的圈子：对于哪怕是很小的时事变化，他们都想听取他的意见。但是，他属于哪一种教会呢？他是社会学家、语言学家、结构论者、随笔作家、道德说教家吗？他本人更喜欢不被划分到任何一类当中。也许，最适合他的头衔，是在这第一次上课之际于《新观察家》杂志上发表的他接受贝尔纳-亨利·莱维①的采访记录中想得到的那个头衔。

在此之前不久，根据左派知识分子的条条框框，罗兰犯了一个错误：他曾与当时的吉斯卡尔·德斯坦总统在总统府一起用过午餐。和阶级对手一起吃饭、喝酒，是当时的巴黎团体所不能接受的。罗兰被要求给予解释，他便出

19

---

① 贝尔纳-亨利·莱维（Bernard-Henri Lévy, 1948—　）：法国小说家、随笔作家、电影人、商人，外号 BHL（即他的姓名几个部分的第一个字母的组合）。

Les derniers jours de
Roland B.

现在贝尔纳-亨利·莱维面前，以一位"神话猎手"的姿态自居，说这是因为他本性"好奇"，因此，他应该"到处走走"。

他一生当中，始终怀有凡事都要搞明白的冲动。他喜欢解码文学作品，但一律只是分析明显的事件及细微的现象。在早些时候出版的一本很短的自传体书籍中[1]，他承认自己总是被这样一个问题牵着走："这意味着什么?"并且，他总是对自己的研究作出这种庸俗的疑问："我在农村的家里，总是到花园里小便，这是为什么呢?"他所思考的领域不是确定的，同时又是难以确定的，因为他首先服从于他随心所欲的脾气。

法兰西公学，是否就因为这个差一点要重新安排他呢?进入法兰西公学，一如进入法兰西学院[2]，是需要现有成员选举的，并且他们面对的可能是多位候选人。罗兰仅以一票的优势当选，而他注意到，当时也只有一位竞争对手

---

[1] 即《罗兰·巴尔特自述》（*Roland Barthes par Roland Barthes*），Paris，le Seuil，1975。

[2] 法兰西学院（Académie Française）：法国最高荣誉机构。它由40名院士组成，采取"递补"制，自1635年创立以来，已有719人获此殊荣。该机构集中了尤其对于法语的发展做出贡献的诗人、小说家、剧作家、哲学家、医生、科学家、人种学家、艺术批评家、军人、国家元首、教会人士等。

充当陪衬。他没花费气力去充实差劲的履历，甚至还是个无固定职业的人。他的一位好友指出了相关原因："他始终遵守当前的所有主义：需要的时候，他就是马克思主义者，随后是符号学家，再随后是结构主义者。他在这些系统内部烹制他的菜肴。"他的某些同代人认为这种菜肴是乏味的，因此把他看作是没有什么重要性可言的人。这些人以两位法兰西公学的顶梁柱为首，他们是米歇尔·福柯和克洛德·列维-斯特劳斯[①]。

不过，他与前者有旧情。在都还很年轻的时候，他们曾一起去摩洛哥做过旅行。但是，他们最终因一个人而反目。对于那次失和，有两种说法。按照第一种说法，罗兰大概对米歇尔的同伴表现出了过分的蔑视，因此伤害了米歇尔。罗兰曾对他的几位朋友解释说："我不明白，一位哲学家竟然没有哲学家的样子。"这种评论，与第二种说法并非不可共存：罗兰也许对于上面所说的福柯的同伴过分感兴趣了。不管怎样，隔阂一直很深。索莱尔斯回忆说，有一次他与福柯一起吃午饭，福柯用这样的话来威胁他："你

[①] 克洛德·列维-斯特劳斯（Claude Lévi-Strauss, 1908—2009）：法国人类学家，他把结构语言学的原理应用到了人类学现象的分析上。

必须在与他的友情和与我的友情之间做出选择。"

尽管罗兰不肯承认，但他确实很想进入法兰西公学，他向自己最熟悉的公学成员表明过这种意愿。这个人大概就是米歇尔·福柯，因为后者对周围的人毫不掩饰自己的困惑与尴尬：他没有想到是在这种情况下与旧日伙伴重新会面。不过，一切都表明，因为昔日情分，他还是在这件事中发挥了作用。他毫不隐瞒对罗兰的著述的蔑视，但并不伤害罗兰本人。 21

福柯这样做，与克洛德·列维-斯特劳斯刚好相反。列维-斯特劳斯不容忍把结构主义者的标签贴在一位随笔作家身上，因为他只把这位随笔作家看作是可爱的蝴蝶猎手。而对罗兰来说，他的疑问会延续到生命的结束：列维-斯特劳斯对他进入公学投赞成票了吗？答案大概只能是否定的。罗兰的一位近友说："确切地讲，他的当选，多亏了公学里的科学家成员。那些文学家并不认为他具备资格。"

与这一情况有着惊人不同的是：在一般知识分子看来，罗兰已经是最伟大的学者之一了。在国外，他被看作是法兰西思想界的超级明星。这显然有些奉承因素，罗兰在其自传中有一幅插图，标题是"时髦的结构主义"，上面有四位装扮成十足的野人的知识分子：福柯、列维-斯特劳斯、拉康和他自己。您可找一下谁是其中另类的那个。在上面提到的前三位看来，罗兰只不过是《写作的零度》（*Degré zéro de l'écriture*）的作者。

对于同辈的判断，罗兰很清楚问题在什么地方。上完第一课的当天晚上，他请几位同辈去参加在尤瑟夫和让-路易家里举办的宴会。福柯带着他的几位崇拜者出席了宴会。罗兰很快就脱离了他们而待在了另一个房间里。他对这次会面有些恼火："他在组织他的苏格拉底式小圈子。"[1]过了一会儿，人们发现罗兰在一位客人面前表现出了自卑感，因为这位客人对他们两人走过的道路做了比较："福柯，他是一位大学者。"然而，福柯在很长一段时间里都跟在别人后面。但是到了1968年5月[2]，情况颠倒了过来。福柯由于出版了《疯癫史》（*Histoire de la folie*）一书，进入了他与"狂人"在一起的阶段。而这时的罗兰却表现得颇有教养，他无法忍受鼓动大学生烧毁偶像的那种对立气氛。

对于这第一课，罗兰与他在高等实用研究院的学生们一起做了多次认真准备。他既不是真正的苏格拉底，也不

---

① 意思是他在搞同性恋小圈子。
② 这里指的是法国1968年5月发生的"红五月"运动。

是声名大噪的学者；他只想表明他决不会损害法兰西公学的名望。为了这一目的，他在文本中安排了一颗手雷，并在结束导论之际拉动了引线："语言既不是反动的，也不是进步的，它仅仅是法西斯主义的，因为法西斯主义并不是阻止说话，而是强迫说话。"

所有听到第一课的人，都还记得当时大厅里的反应。寂静突然被打破，接着是人声鼎沸。他的一位弟子肯定地说："他这样说，是为了使福柯感到惊讶，是为了说明他也可以煽情。"他总是带着福柯情结。但是，他失败了。一位在场的证人说，他的目光与公学的这位苏格拉底式人物交会了一下："福柯眼睛看着天。这意味着：罗兰最终没有达到高度。"一位知名的语言学家说，在听到这样的"蠢话"之后，他简直瘫痪了。一位近友告诉我："罗兰后来一直在捍卫他的判断。但是，他完全是在自欺：他知道自己已被定格在那里。"

那一天，人们比任何时候都觉得无比反常。一些"学者"不乏遗憾，认为罗兰的煽情既专横又空洞。但是，在几乎全部的听众看来，他的煽情是能力所至：他的天赋之一，难道不正存在于他的表达方式的意义之中吗？讲课结束的时候，每个人都向他表示祝贺。一连三年，公学的第八教室都座无虚席。行政部门只好在另一间教室安上音响设备，以便让所有在学院街上急速奔跑的人都听得到罗兰的话。到了70年代末，罗兰的独角戏真正成了必修课。

第一课的当天晚上，在尤瑟夫与让-路易的住处，罗兰几乎一直是快乐的。作为擅长搞双边关系的专家，罗兰害怕他的圈内所有人聚集在一起，因为这会带来"混乱"。只有福柯的随从人员待在了其他地方，因此，人们还是搅和在了一起。即便是那位苏格拉底，最终也出现在客人们中间。一位机灵的大学生抓住这一机会对福柯说："我是神经错乱者。"福柯对答道："这很有意思。但是，在我看来，神经错乱并不存在。"

罗兰开始梦想成立一个"朋友共和国"，以躲避干扰：在他的日常生活中，他总在抱怨自己不断地被那些"讨厌之人"的要求搞得很烦躁。他感叹说："如果所有的人都像这里的人，那我们可以组成多么好的社会呀。"那天晚上，只有母亲和弟弟没有参与庆贺。他对捧场的人说："妈妈太累了，不能来这里。"实际上，他从来没有向母亲透露他是同性恋者，也没有让她认识他的那些极怪诞的朋友。作为同时有两个家庭的男子，他白天是妈妈的真正长子，晚上

Les derniers jours de Roland B.

则是年轻人的"猎手"。热内①曾区分过"牧羊女的巴尔特"与"男人妓院的巴尔特"。那天晚上，像其他晚上一样，在尤瑟夫与让-路易的住处有太多的小伙子，因此不可能让妈妈和弟弟来这儿。

---

① 热内（Jean Genet，1910—1986）：法国作家、诗人，青少年时曾犯法入狱。

2　罗兰与妈姆

25　　　　他们永远在一起。他们一起生活，一起死后同住[1]。今天，罗兰与他的妈妈共享在于尔特的坟墓，该坟墓离他们在农村的住房几百米远，他们在那栋房子里度过了近二十年中的大部分假期。坟墓很简朴：妈妈，祖籍阿尔萨斯，是一位新教徒。上面是一块普通的石板，周围是草，既没有花，也没有花圈。

　　　罗兰与"妈姆"（mam）——他在一段日记中就是这样称呼妈妈的——完美的一对。最细微的想法有时说明了重大思想。罗兰在其最后的著述《明室》一书中暗示，他爱他的母亲，不仅因为她是他的母亲，而且因为她在各方面都是值

26　得敬重的人。实际上，那些认识她的人都把她描绘成一位

---

[1]　罗兰·巴尔特去世后与母亲合穴而葬。

Les derniers jours de
Roland B.

出色的女人，既漂亮、诙谐、富有智慧，又谨慎低调。他们还指出，她与他的儿子很相像，尤其是说话的声调。罗兰的一位关系密切的弟子埃利克说："母亲用巴尔特的风格来说话。"当然，母亲是罗兰的最爱，索莱尔斯写道：那是一种排他的爱，是"他最伟大的和唯一的爱"，因为她是他的母亲。

罗兰在讲台上提到老子的时候，说他是"老来少"，因为他在80年中一直"待在母亲的子宫里"。他大概是想到了自己的情况：他从未离开过母亲的住所。除了生病的时候，他都坚持与妈姆生活在一起。而他在战后暂居罗马尼亚、70年代之初去摩洛哥的时候，也都是带着妈姆的。他从来没有离开过妈姆。他曾为自己安排过一些闲暇的时间，但他从未与他的任何一位伴侣谋划过共同生活。

最不可思议的是，这位完美的母亲成功地在她的一生中把两个儿子都留在了身边，不光是长子，还有小儿子，有同性恋，也有异性恋。三口人住在塞尔旺多尼街（Servandoni），距离圣叙尔皮斯（Saint-Sulpice）广场不远，是六楼的一套小三室的房子①。罗兰很快就把七楼的两个佣

---

① 法国的三居室住房，实际上就是我国说的两室一厅，但法国的厅常常是封闭的，也被叫作"起居室"，因此，也算作一室。

人房间做了清理，为自己单独搞了一个房间①。他把自己的巢穴叫做"储粮顶仓"②，在这个巢穴里，他高兴地看见了巴黎的所有屋顶。一个磨坊里用的梯子就像是一条脐带一样把两个楼层连接了起来。当他傍晚高兴地外出的时候，他就掀起地板活动门，从那里向下就是梯子，他接着会说："妈妈，我出去了。"三口人同吃简单的饭菜，共用窄小的浴室。有时候，妈妈恼于看到肥皂上沾着男性阴毛。是长子的？还是他弟弟的？这个狭窄的男女混合之处，并不妨碍人们心存羞耻感。罗兰并不是在家人面前随便赤身裸体走动的人。

但是，这位母亲有什么特殊之处使得她的两个儿子都没有离开呢？罗兰在《明室》一书中告诉了我们这一点："除了这种特征，我无法更好地来确定我的妈姆：在我们的整个共同生活中，她从来没有'责备'过我。"真是一位神奇的母亲！从来没有过批评，从来没有过指责，从来没有过争辩：当她的两个儿子忙于自己事情的时候，她就待在塞尔旺多尼街负责后勤工作。弟弟反驳人们的问话时说：

---

① 巴黎市区的住房多为七层，女佣的房间都在最高层，面积一般为六平方米，所以，罗兰·巴尔特住的已经是顶层。

② 在法国农村，储放粮食的地方都是在房屋的最高层。

Les derniers jours de
Roland B.

"我们是自由的。"罗马里克（Romaric）曾经写道：罗兰"可以出外旅行，可以在晚上随便出去，没有人们以为的那种母亲与儿子、丈夫与妻子甚至朋友与朋友之间低级的讨价还价"。他的另一位近友补充说："完全相反，罗兰从来28没有感觉受到限制。"真是神奇的母亲！她是那样成功地把两个儿子绑在身边直到她去世，同时又让他们感受到一种特别的独立性。她能够把塞尔旺多尼街变成一处充满眷爱的港湾。她的两个儿子经常漂泊于其他的大陆，但他们最终还是返回她的怀抱拴缆停靠。

罗兰的一位弟子悄悄地说："对于罗兰来说，她是他理想中的妻子。"在他们之间，没有判断上的不一致，只有爱。罗马里克回忆说："不存在任何一个想对另一个施展权力的想法。没有谁试图把另一个变成疯子，按照一位美国精神分析学家的说法，那就是：'How to drive the other person crazy?'① 毫无疑问，如果妈姆的责备整天不绝于耳，罗兰想必不会忍受 60 年之久。"他的所有朋友都指出了这一点，那就是罗兰有着强烈的多疑症。不能对他进行哪怕是很小的批评，否则，他会暴跳如雷。埃利克指出，

---

① 意思是："有谁迫使他人疯狂呢?"

他"说过一种戒律：你永远不要指责一位朋友。这条规矩来自于母亲"。有一天，罗兰写道，一位朋友指责他，使他受到两次伤害：既因为指责，也因为这位朋友说罗兰并不了解他。他甚至会对这位朋友一直责难下去。

他的所有近友都领教过这种病态的多疑症，比如雷诺·加缪①。有一次，这位小说家从法兰西公学听课出来，告诉罗兰说他刚刚犯了一个时间错误：罗兰把西多尼（Sidonie）说成了克莱蒙-费朗市②的主教，可是在那个时代，这个城市还不存在："克莱蒙与蒙特费朗还没有合为一体，你应该说是克莱蒙市的主教。"说完，他就走了。罗兰非常气愤，他说：作为他的朋友，不该只是挑错的。他的弟弟说："他从来不说别人的坏话。"他更厌恶别人当着他的面说他的坏话。

妈姆与她的两个儿子之间建立起了几乎是自然式的关系。埃德加·莫兰（Edgar Morin）曾在罗兰的家里看见过他们一起吃饭：两个男孩子狼吞虎咽地吃着妈妈做的饭菜，就像是小猫扑向一碗牛奶一样。弟弟毫不犹豫地把自

---

① 雷诺·加缪（Renaud Camus, 1946— ）：法国作家。
② 克莱蒙-费朗（Clermont-Ferrant）：法国中部的一座城市。

己不喜欢的食物放到母亲的盘子里。罗兰与弟弟更像是舔食物，而不是吃食物。他们的碟子就是他们的饭盆。有的人可以既是一位从事脑力劳动的巨人，同时又有着原始的品行。

在日常生活中，罗兰表现出一种使他的近友们感到害怕的抑郁。他在高等实用研究院的一位同事说："我避免与他说话，因为我害怕他的沉默。"一位学员小声地说："我尤其害怕他那种抽雪茄的仪式。他花很长很长时间点燃雪茄，然后品味雪茄，一声不吭，持续很长时间。"这位英俊的高谈阔论者，在私生活方面却是沉默寡言的，甚至对妈姆也是如此。妈姆常对此有所抱怨，便经常让弟弟先说话："你去向他提问题，你能让他说话。"在众多要求中，罗兰有这样的要求：与好友在一起安静地待着。他一再对妈姆说："人们可以待在一起，而不必说什么。"

弟弟在晚年的时候结婚了，却没有因此而离开母亲的家。三口人变成了四口。外来者是拉谢尔（Rachel），她信犹太教，因为她的父亲是犹太人。当哥哥脱离他受过的新教教育的时候，弟弟开始逐渐接受了犹太教文化：他在从事绘画之后，学习了希伯来语。他的哥哥为他在万森纳（Vincennes）大学里谋得了一个助教职务。拉谢尔要求必须按照犹太教的规矩来用餐。罗兰在朋友们面前抱怨，但是，他还是遵从了。

　　这四口之家，只是在妈姆去世前不久才显出些解体的

迹象。妈姆的两腿有病，这使她无法上下六层楼。罗兰为让人安装一部电梯做出了最大努力。尽管聘请了律师，他最终还是没能说服同楼里的其他住户。他最后决定搬家到三楼：三楼的房间与六楼的房间完全一样。由于肺部的脆弱，他也难于上下六楼，便与妈妈一起住在了三楼。最终，只剩弟弟与拉谢尔两人待在六楼了。从此，罗兰便很少按照犹太教习惯来用餐。

　　他自传中的第一页是母亲的照片。母亲占据整整一页，随后是书名页。我们看到，照片中的女人还很年轻，有活力，头发短短的，穿着长长的白色连衣裙，周围的空间难以辨认。远处，一匹马在拉着一辆车。罗兰明显很高兴去评说自传中的其他照片，尤其是把他最亲近的朋友们的面孔介绍给读者，但我们必须参照插图的目录，才能在很小的文字下发现这第一幅照片展示的是什么："本书叙述者的母亲，大约拍摄于 1932 年，朗德地区（Landes），比斯卡罗斯市（Biscarosse）。"这样，他的自传便一下子就置于母亲的符号之下。说真的，他的所有著述都或多或少、不知

书有 93 章。为什么呢？他后来有一天承认，因为"妈姆出生于 1893 年"。

他的父亲呢？作为商业海军的军官，他在罗兰 1 岁的时候就死了。一位律师朋友有一天向他指出，他的情况很接近让-保罗·萨特：这位哲学家对他也是海军军官的父亲没有多少了解。罗兰的面部严肃了起来：他不喜欢这样的干扰进入他的家庭内部。

父亲对儿子的唯一遗赠——他的领地，位于与巴斯克（Pays basque）和贝亚恩（Béarn）地区接壤的加斯科尼（Gascogne）地区。作为寡妇，妈妈离开了诺曼底，定居在婆婆家，即巴约纳市。他们在那里生活了十年左右，随后到了巴黎。罗兰后来一直说他出生于西南方。他的一位朋友感叹说："对于他来说，只有西南方是他的农村。"他的童年是在巴约纳度过的，所以，他在一生中都保留着对于贝雷帽的喜爱。一位教授回想到，有一天，他看到罗兰吸着一支雪茄、戴着巴斯克地区的贝雷帽穿过索邦广场。吸雪茄的贵族特征与戴贝雷帽的平民做派之间的反差在他身上非常明显，以至于这种场面一直深深烙印在他的记忆中。

　　法布里斯·吕希尼①有一天来罗兰家里喝茶，也产生了相似的惊讶。这位演员一边喝茶一边听罗兰公开地捍卫他的一部影片。他还没有来得及告诉罗兰自己当时的困惑：他走进房间的时候，瞥见大衣架上有一顶贝雷帽。他也无法想象，一位法兰西公学的教授会戴着一种无产者的属性标志物。在被问到的时候，罗兰总是回答说："我是巴斯克人。"这当然不是真的，巴约纳市是一个混住城市，但它一直忠实地属于法国西南部。尤其是"不为人所知的"阿杜尔河（Adour），它在流经大西洋沿岸地区时比塞纳河流经巴黎时还宽。在罗兰还是孩子的时候，他经常沿着巴约纳的海员大道闲逛；到了成年，他喜欢在于尔特沿着拉纤人的小路走20公里。在他的自传中，他透露，"在阿杜尔河的拐弯处，从L医生的住所见到的"城镇进口的景致是多么打动他。

　　罗兰不了解他的父亲，但他完全接受了他的姓氏：在这个地区，"巴尔特"指的是与阿杜尔河平行的冲积平原地

---

　　① 法布里斯·吕希尼（Fabrice Luchini，1951— ）：法国电影与戏剧演员。

带①，这一地带以其花卉和动物的多样性著称。我们甚至可以在这里发现一些景象：沿着阿杜尔河，可以看到一块牌子，上面写着："某些话题仍然出现在巴尔特地区。"从 L 医生的住处，他可以看见埃特谢派特（Etchepette）一地的冲积平原。

罗兰很不懂得爱护自己。但是，他却为了夏天的度假选择了一个小镇，在这个镇上，他能居高临下地观望。

他曾夸奖过西南部的"光亮"，正是在西南部，母亲与儿子之间建立起了默契。正像某些精神分析学家指出的那样，这一情况不会发生在 5 岁之前，而是发生在弟弟出生之时。当时，罗兰已经 11 岁了。他很不情愿接受弟弟的降生，因为这打断了他与妈姆之间的亲密关系。在整个生命之中，他都表现出对弟弟的嫉妒。在母亲去世之后，他们之间的关系才密切起来，甚至一直相伴为生。

母亲曾经很想与弟弟的父亲结婚。这是又一个悲剧。婆家这头大为不满：母亲被宣布为在巴约纳不受欢迎的人。此后，她便不得不在夏天到朗德海岸一带的比斯卡罗斯市

---

① 此处的巴尔特（barthes），是第一个字母小写的普通名词，法国人的许多姓氏取自其祖先所在地名称。

或卡普布列东市（Capbreton）租房子住。只有罗兰被留在了巴约纳。但是，正是她的大儿子极力反对母亲再婚。弟弟后来解释说："他不愿意妈妈再婚，而妈妈也从不接受一位不善待罗兰的继父。她更看重她的两个儿子，而不大在意自己的伴侣。"

35 　　这些是把三口人凝聚在一起并确定每一个人的角色的基本要素。11 岁的时候，罗兰象征性地"娶了"他的母亲。他向她指出，她已经有一个男人在身边了。他勃然大怒的时候，俨然如一家之长：他的母亲不需要一个新男人，因为她已经有一位"同居者"。在巴黎的头几年，她必须辛苦地工作，以养活两个儿子。她后来学会了装订书籍，因为她微薄的战争遗属抚恤金不足以让三口人像样地过日子。但是，自从罗兰有了能力，他就承担起保护母亲的责任：才 11 岁，他就处处以母亲的保护者自居。他遇事从来不躲避。

　　他对弟弟也是如此。他禁止弟弟进入自己父亲的住所。但是，尽管心存嫉妒，他还总是关照弟弟。他在朋友们面前抱怨这位弟弟不挣钱养活自己，是他在维持全家人的生活。这种情况的根源却是他曾要求母亲接受的那种选择。罗马里克说："罗兰对弟弟有一种沉重的负罪感。"弟弟下

Les derniers jours de Roland B.

意识地依赖着哥哥的内疚心理：他虽然被剥夺了生父的日常伴随，但也换回了一些补偿。

罗兰牢骚满腹，但他必须"付钱"——罗马里克注意 36 到："关于弟弟，是他为了与母亲在一起而付出的代价。"

3 畅销书

37   1977 年上半年，罗兰获得了巨大成功。他在 1 月份被法兰西公学聘为教授，随后，这个春天，他又进入了畅销书作者之列，大概他从未想过自己会出现在这种行列。在这之前，他的声望一直没有超出知识界的范围。令他惊奇的是，他的《恋人絮语》(*Fragments d'un discours amoureux*) 一书受到了广大读者的欢迎。以晦涩难懂著称的随笔作家，竟关心起类似爱情这种平庸的情感来，这使人们异常兴奋。"神话猎手"再一次瞄得很准。

      不过，这本书差一点未能出版。根据他的习惯，罗兰早在 1976 年就曾让他高等实用研究院的学生们对他当时的思考主题做过讨论：为什么恋人情感已不在任何话语中出现了呢？罗兰作为现代性的主要鼓吹者之一，早已构筑了

38

Les derniers jours de Roland B.

他自己的事业，过问爱情这种事，并不会让他兴味盎然。

但是，他认为，研讨班收益不大。他肯定地说，没有什么东西可以让超过 500 位读者同时感兴趣。在他的出版界朋友弗朗索瓦的一再要求下，他决定写一本书出版。他开始随意地排列他的那些卡片：像洗扑克牌那样随意对卡片进行交叉，完全服从于偶然法则。这位杰出的思想家从来都不是写作大部头著述的人：在他的整个生命中，他发表的著述都是由片段组成的。他的一位同事说："他本人也是片段式的人，他从来没有成功地将那些片段汇聚在一起。"

他的犹豫也在于，在那些文字里包含着一部新的自传性著述。越是上了年纪，他就越是成了自己的书籍的素材。书名似乎可以这样叫：一部失望的爱情编年史。就像后来的《明室》一样，这部《恋人絮语》也是一部哀痛著述。一位深知其老师情感生活的学生说，他在这部著述的每一页都可以找到罗兰晚年生活中挥之不去的一个故事的影子：他对另一个罗兰的痛苦激情。

在于尔特，巴尔特眺望巴尔特原野；而在巴黎，罗兰迷恋另一个罗兰：当人们不能成功地剪断脐带的时候，最大的风险是完全面对自己……然而，另一个罗兰根本不是与罗兰同类的人。这是罗兰过了50岁之后的行为准则，这时的他着迷于他的一个学生。今天，要是在美国，他会被司法追究，因为他滥用权威：菲利普·罗斯（Philip Roth）在其最近的一本书中说，他将等大学学年结束之后再去诱惑他的女学生们。在70年代的法国，还没有这样的预防心理。

他的朋友们一边大笑一边说道："在罗兰看来，男士有权去拉塞尔饭店（Lasserre）用晚餐，小伙子可以去哈里酒吧（Harris Bar）喝威士忌，异性朋友可以去波拿巴饭店（Bonaparte）喝啤酒，而且，单身女人可以去小酒馆喝咖啡。"在另一个罗兰来看，没有任何地方是很美的。为了引诱他，罗兰把他带到威尼斯，为他提供歌剧院的年票。罗兰非常喜欢他，以至他的那些近友都对这位学生的粗暴拒绝感到失望：罗兰的心情严重受到了伤害。他晚年一直郁郁寡欢，这可以从这种关系的失败和母亲的去世两个方面得到解释。

40　　　自然，这是一个不可能的故事。罗兰坚信另一个罗兰是同性恋者，他用祖籍来解释对方的拒绝："我不能埋怨他，因为他有着丹麦人的羞耻感。"实际情况并非如此：另一个罗兰更喜欢女人。当他听任老师纠缠的时候，他声明

Les derniers jours de
Roland B.

自己正在追求研讨班中一位名叫康斯坦丝（Constance）的女生。对于这位钟情于他的老师来说，这真是极大的不幸：他的情敌是一位女性，并且还是他的一位女学生。

那段时间，在尤瑟夫和让-路易一伙人中，还有一位很有前途的青年电影导演安德列·泰希内（André Téchiné）。他与法国那些年轻的明星们一起拍摄电影。这群人经常聚会。一天晚上，罗兰的一位弟子和他认为非常具有魅力的一位女子跳舞，临近结束时，他问了她的姓名："伊萨贝尔·阿贾尼（Isabelle Adjani）。"这位弟子腼腆地说，他的学业负担使他很少有时间去看电影。

另一个晚上，他们在玛丽-法朗士·皮西耶（Marie-France Pisier）家聚会。阿贾尼再一次出现，并且已经忠实于她早已开始了的故事。在厨房里，她向被另一个罗兰选中的康斯坦丝解释说，女演员的职业是非常难以忍受的：她必须每天晚上离开她在白天扮演的那个角色。康斯坦丝厌倦地回到了客厅。罗兰躲在角落里。他看到了康斯坦丝，便招呼她过去，惊恐地问道："为什么你在我失败的地方成功了呢？"康斯坦丝不无傲气地回答："因为我是女人。"

最糟糕的是，另一个罗兰无法忍受阅读《恋人絮语》，

41

而老师则暗地里希望这种阅读会使他重新回到美好的情感上来。但是，情况却刚好相反：另一个罗兰恼于看到他们的关系在大白天里毫无拘束，尽管他的身份一点也没有暴露。这位老师和学生们生活在一起，一直从学生们的注意之处获得启发来构思他的书籍。他身上总带着一个小笔记本，每当与学生们的会话中出现一种新颖技巧时，他都拿出小本子记下来。一般认为，罗兰最富有天赋的弟子让-路易给他的启发最大。另一个罗兰已经为前面所说的那一本书提供了素材，但他认为这太过分了，太过分了：他感觉自己被抢掠了，被曝光了。他在 25 年后仍然气愤地说："罗兰靠我来养病。"实际上，这本书有着治疗作用。为了治愈这种不可能的爱情，罗兰在一段时间里曾想从事精神分析活动。在出版界朋友弗朗索瓦的建议下，他开始钻研拉康。他去拉康那里问诊，在第一次问诊结束时，拉康干脆地建议罗兰摆脱"这个小伙子"。罗兰在他的朋友们面前对此评论说："我突然感觉我是一个老笨蛋，面对着一个老傻瓜。"一位近友不无遗憾地说："拉康没有理解他的苦恼。"他没有再去拉康那里。

《恋人絮语》还是改变了他的地位。他已不再是小文艺圈子的人。由于他就职于法兰西公学，他已经进入了更高

Les derniers jours de Roland B.

的阶段。而在法兰西公学里，他面对几百个人授课。现在，他又做客电视台的"书讯"（Apostrophe）节目。他最初有所犹豫，最后还是接受了：他发现贝尔纳·皮沃①很热心。后来，他的弟弟说，他认为这会"使于尔特的人们高兴：他很满意自己成了一个小地方的荣耀"。他也很高兴这成了妈妈的荣耀。在约定的一天，与他寸步不离的尤瑟夫把他带到了比特-肖蒙（Buttes-Caumont）电影摄影棚。在内景台上，他特别注意到了弗朗索瓦丝·萨冈②。"您喜欢爱情吗？"这样的话在说话简洁的女小说家与说话晦涩的随笔作家之间传来传去。他们约定以后再见。

第二年夏天，在于尔特，他得以检验"书讯"的效果。L 医生对他说："您已经是杰出的名人了。"罗兰纠正说："不是的，我只是出了点儿名。"他说话讲求用词准确。他的名字已经被人所知，但只有很少的人知道他真正是谁。中心媒体并没有急于把书拿过去讲述使他产生灵感的爱情故事，也没有哪一位批评家影射他的同性恋本性。说真的，罗兰成功地使用了一种文体学上的有力技巧：掩盖一切，

43

---

① 贝尔纳·皮沃（Bernard Pivot，1935— ）：法国记者、文艺批评家和电视节目主持人。
② 弗朗索瓦丝·萨冈（Françoise Sagan，1935—2004）：法国女作家。

但不做丝毫隐瞒。他采用了单一性别的表达方式来指称他的激情对象："被爱的人"。

那时，母亲还活着，离她去世还有几个月，因此，行为不能过于显眼。罗兰经常担心母亲知道他是同性恋。70年代初的一本书谈到了他的这种情况。罗兰获得了出版商的同意，在第二版时取消了受到指责的那一段。他还是那个模范的儿子，每天下午大约五点钟的时候，他与母亲和弟弟一起喝茶。这是家族传下来的习惯，外祖母也是这样。在巴黎塞尔旺多尼街，妈妈喝的是英国式的茶，两个男子喝的是加薄荷叶的茶。随后，罗兰（按照他自己的说法）便"改变身体"。他洗了个淋浴，喷上点香水，不无幽默地说："我准备去搞精子游戏了。"于是，他便出门去会见他的朋友们和他的那些"山羊羔"——有时他也这样直截了当地说。当他穿过圣叙尔皮斯广场去花神咖啡馆（Flore）喝上一杯的时候——他很少去双叟咖啡馆①——他就变成了另一个人。

当然，他的家人也不是那么容易被骗的。有一天，一

---

① 双叟咖啡馆（Deux-Magots）：位于巴黎第六区，是建于 1873 年的一家著名咖啡馆。多为文化界名人光顾：魏尔伦、兰波、马拉美、纪德、毕加索、萨特等人都曾经是其常客。

Les derniers jours de
Roland B.

位朋友向罗兰提出了这样的问题："你母亲知道你是同性恋吗?"罗兰回答："知道，但是我们从来不谈这方面的事。"三口人就这样生活着：混合而又平静。一切都心知肚明，但又什么都不挑明。对于母亲是这样，对于弟弟也是这样。弟弟很早就知道他是同性恋，但是两兄弟之间也照样不谈这个，甚至在妈妈去世之后两兄弟更为亲近的时候。罗兰带着他的弟弟与弟媳去尤瑟夫家吃晚饭，弟弟这样说："这已是不说自明的事情了。"这虽然已是不说自明的事情，但也就是从这里开始，需要去说一说这方面的情况……

4 乌埃勒街那帮人

　　罗兰把他们称为"乌埃勒街那帮人",是因为他们住在尼古拉-乌埃勒街(Nicola-Houël),那里离奥斯特里兹(Austerlitz)火车站很近,在兰吉斯(Ringis)广场搬迁之前,这条街就位于十三区的最边上。乌埃勒街那帮人,是罗兰的第二个家,即他的同性恋之家。这个家庭由一些年轻的知识分子组成,这些人沾沾自喜于罗兰带给他们的情感,但又经常被罗兰的抑郁和他说话时爱教训人的脾气所激怒。在他们中,罗兰被称为"妈咪"。这个绰号既残忍,又充满柔情:乌埃勒街那帮人崇拜罗兰,但他们比他年轻很多。

　　频频出入乌埃勒街的电影导演安德列·泰希内经常笑着说:"注意,妈咪来了,他又要把老一套说得天花乱坠

Les derniers jours de
Roland B.

了。"真是糟糕透了，因为"妈咪"是吃晚饭时重要的中心人物。乌埃勒街那帮人完全可以张贴这样的告示：此处一位大思想家在组织沙龙。这位大思想家致力于站在他的声望之上，为一群受邀之人提供表达方式与格言。尽管有嘲讽，在他走后，大家还是高度评价他，甚至包括他的一些怪癖。但是，只有在他离开之后（因为他睡得很早），联欢才真正开始。

　　乌埃勒街那帮人，首先是分享同一套住房的三个人：迷人的尤瑟夫，善于脑筋急转弯，按照罗兰的介绍用语，他是一位真正的"突尼斯王子"，一位有人缘的人和一位资深的、时刻准备接待顾客的大厨，同时还是唯一在银行里真正干活的人；神秘的让-路易，既英俊又机灵，是人见人爱的弟子，他和罗兰相遇了，他是罗兰最喜欢的人，话语既富有启发性又通常难以理解；最后，是诗人保罗（Paul），他比让-路易还神秘。在这三个人之后，是当时最年轻的法国电影导演安德列·泰希内、罗兰的出版商弗朗索瓦、不太怪诞的两个弟子埃利克与安托万（Antoine），当然还有其他人。乌埃勒街那帮人慷慨地招待任何人。弗

朗索瓦说:"会话从尼采①和德勒兹②谈到《萨朗波》③,在
这期间,其他人在听格罗丽娅·拉索④的录制歌曲,因为
他们欣赏她的低俗风格。"一位电影导演凭记忆唱着达里
达⑤的间奏曲:在那个时候,同性恋者们都喜欢阿尔卑斯
山另一侧的女歌唱家们的歌曲。他们大口大口地喝着香槟
酒,集体玩游戏,跳舞,尤其是跳那种地毯舞,这种舞把
所有的客人都聚拢了起来。

尼古拉-乌埃勒街,笼罩在一种"过分同性恋"的气氛
之中。罗兰有一天曾用"过分异性恋"来评论莫里斯·皮
亚拉⑥的一部电影,"过分同性恋"就是对罗兰表达方式的
反用。一位"双性身份的"弟子还记得当他被接受进入这
个部落时所产生的精神错乱。这些年轻人之间维持着怎样
的关系呢?与罗兰之间又是什么关系呢?罗兰看到他有疑
虑,便小声对他说:"这里的原则是,大家与大家睡觉,同

---

① 尼采(Friedrich Nietzsche, 1844—1900):德国哲学家。

② 德勒兹(Gilles Deleuze, 1925—1995):法国哲学家。

③ 《萨朗波》(Salammbô):法国作家福楼拜的历史小说。

④ 格罗丽娅·拉索(Gloria Lasso, 1922—2005):西班牙女歌唱家,以
演唱爱情歌曲闻名。

⑤ 达里达(Dalida, 1933—1987):祖籍意大利的法国歌唱家,出生于埃
及。

⑥ 莫里斯·皮亚拉(Maurice Pialat,1925—2003):法国电影导演。

Les derniers jours de
Roland B.

时又寻找自己的例外。"

《恋人絮语》带来了成功，所有的大门都向罗兰敞开了。在这本书出版后接受《花花公子》（*Playboy*）杂志采访时，罗兰透露了在尼古拉·乌埃勒街那些晚上使他兴高采烈的事情。他没有明确说那些晚上在做什么："我生活在比我更年轻的朋友们中间。我非常欣赏他们分享感觉的快乐、性欲的快乐，这没有什么大问题。"并且，他非常着迷于此："沐浴在一种多重恋情与普遍调情的气氛中，那种感觉是美妙的。"就像《恋人絮语》一书是直接地从与另一个罗兰失败的恋情中获得灵感一样，乌埃勒街那帮人后来成了罗兰在法兰西公学第一次授课的成果——《如何共同生活》的起源。

不过，尼古拉-乌埃勒街并不排斥任何异性。玛丽-法朗士·皮西耶回忆说，她的一次恋情就开始于那里。"吃饭的时候，我注意到一个年轻人，很英俊，他不属于这帮人。有一阵子，我离开他们，到一个房间里去打电话：我第二天要去奥地利拍电影。在我得悉了去维也纳的飞机时间表后放下电话之际，那个小伙子到房间来找我了。他大声地说：'啊，你明天出门。多遗憾哪！'我回答说：'这没什么了不起的，你随我一起去就是了。'"他们的恋情持续了两

48

年之久。

在 70 年代，性自由并不只是内容空洞的表达方式。其后果是：走调了。按照罗兰的说法，尽管这个部落里没有嫉妒，但还是出现了一些"关系网事件"。乌埃勒街那帮人都还记得，在尤瑟夫与弗朗索瓦之间有过一次非常厉害的争吵。就是那一次，弗朗索瓦与他的朋友塞维罗（Sévéro）——一个像他一样精力充沛并且处事严谨的古巴人——结成真正的一对。罗兰称他们为"一对天主教信徒"。但是，这并不妨碍出现不忠。有一天，尤瑟夫向塞维罗讲述了关于弗朗索瓦的一段并不确定的传言。弗朗索瓦知道后大为恼火。罗兰不得不充当和事老。在后来的几年中，他经常抱怨尤瑟夫的"操纵者"性格，甚至说他是"看门人"。然而，随着时间的推移，尤瑟夫越来越成了他不可缺少的人：尤瑟夫既是他的司机，又是他的代理人和经纪人。罗兰甚至在自己一本书中写下这样的献词："献给我所爱的和我所需要的尤瑟夫"——他很会总结主要内容。时间长了，尤瑟夫甚至扮演起了捐客的角色。在《女人们》（Femmes）一书中，索莱尔斯谈到了"那些为提供艳遇而组织的有点特殊的夜晚"。

有时候，"关系网事件"涉及异性恋者。一位电影导演

Les derniers jours de Roland B.

诱惑住在同一栋楼里的一位语言学家的妻子，随后，他热吻了那位年轻的妻子，这个女人陷入了深深的抑郁之中。每当出事的时候，罗兰都出面安慰被抛弃的伙伴。罗兰由于自己没有成双结对的生活，或者说他只是同母亲组成一对，他便建议他的朋友们像夫妻那样地相待。他们中的一个回忆起，当他想断绝某种变坏的关系时罗兰的规劝："不 *50* 要倒洗澡水时把孩子也倒掉。"罗兰写作风格晦涩，但却喜欢使用大众化的表达方式。

他与让-路易的关系极为复杂。这位学生，罗兰从70年代初见到他时就喜欢上了他，并且后来一直对他给予特殊的关注。他被他的青春体魄和机灵善变所吸引。但是，让-路易总是让人难以捉摸，而罗兰则总是因循守旧。一位乌埃勒街的人回忆起，让-路易在于尔特时，曾经赤身裸体地在暴雨中跑到花园里，为的是参与到那些放荡不羁的人们中间。这是一次非巴尔特式的意外事件。这位学生说他被老师剽窃了，因为当他做解释时老师经常拿出小本子记录。罗兰反驳让-路易说："你快点把自己变成一个作家吧。"——让-路易确实想摆脱罗兰。但是，在这两个男人之间，家庭生活的场景是经常出现的。当罗兰不期而至的时候，让-路易却闭门不出。尤瑟夫不得不过来调解。

这位可爱的弟子经常和老师说反话，随后又表示抱歉，从而显得非常笨拙。有一天晚上，他们两个男人去电影院看《三十九级台阶》[①]，同去的还有诗人保罗、另一位弟子埃利克。在一家咖啡馆里，让-路易评论起这部电影，提到了一把单人转动沙发（fauteuil roulant）从楼梯上滚下的场面。他出现了口误，把转动沙发说成了"罗兰沙发"（fauteuil Roland）。埃利克叙述说："我看到罗兰的脸色沉了下来，而让-路易则完全陷入了痛苦之中。"

毒品使他们的关系更加恶化。尼古拉-乌埃勒街的人吸食印度大麻。让-路易是最大的消费者。罗兰不能忍受他吸毒，但一直在克制自己的情绪，终于有一天，他承认不适应有人吸食毒品："这就像让一位到星期天才开一次车的司机去开一辆跑车。"让-路易有时恼于罗兰的行为教导。在那些年里，他正准备出版一本书——《强度破坏者》（*Le Destructeur d'intensité*）。埃利克评论说，这位破坏者，就是罗兰，就是"巴尔特式的烦恼、母性、温柔、细微、细

[①] 《三十九级台阶》（*Les Trente-neuf Marches*）：英国导演阿尔弗雷德·希区柯克（Alfred Hitchcock，1899—1980）1935 年的影片。

Les derniers jours de Roland B.

致"。今天，让-路易说出了真相："我并不想念罗兰。我们在智力方面、在一切方面都一致，我们过去每天都互相打电话。"不过，尤瑟夫的弟弟回忆说，让-路易对于每周一都要去花神咖啡馆与罗兰会面牢骚不断。

随着时间距离的拉大，乌埃勒街那帮人对于那一时期 52 持一种批评态度："我们玩得很开心，但我们的身心都或多或少受到了伤害。"某些人甚至后来进了精神病医院。在罗兰去世之后，这帮人逐渐散伙了。听这些人或另一些人回忆尼古拉-乌埃勒街时，人们都难以抑制地想到玛丽莲①主演的影片《不合时宜的人》（The Misfits）。

不过，没有人怀疑罗兰在那里时的快乐。他在巴黎的生活围绕着两极安排：一是塞尔旺多尼街，二是尼古拉-乌埃勒街。一极是母亲、弟弟和弟媳，另一极是尤瑟夫、让-路易和"朋友们"。这两极之间无任何联系。母亲是否知道罗兰另一个家的存在呢？罗兰不说，母亲也不问。母亲使塞尔旺多尼街成了一处平静的、避风躲雨的港湾。

---

① 玛丽莲·梦露（Marilyn Monroe，1926—1962）：美国演员和歌唱家，其真名为诺玛·简·莫泰森（Norma Jeanne Mortensen）。

对于罗兰来说，尼古拉-乌埃勒街也同样平静。由于成功，他越来越感觉到自己被"讨厌之人"所纠缠。人们不停地向他提出要求。由于他曾经在罗马尼亚待过一段时间，一位布加勒斯特的法语教师写信给他，向他索要《拉加德与米沙尔》①。他把收到的书籍和博士论文分给朋友们，并要求他们写出阅读笔记。他抱怨去看"牙科医生"的那些下午：花很多时间来"管理"，而无法考虑"创作"。相反，在尼古拉-乌埃勒街，也像在塞尔旺多尼街一样"没有干扰"。乌埃勒街那帮人把他奉为那个地方的神灵，而他则选定他们充当使徒。他在尼古拉-乌埃勒街组织他所有的晚餐，而尤瑟夫对他百般殷勤，甚至当他累了的时候，还开车送他回塞尔旺多尼街。

但是，还是要当心超出常规的事情发生。有一天，尤瑟夫建议罗兰接受让-路易为法兰西公学的秘书。罗兰暴跳如雷！他喜欢让-路易，对他有情感，也理解尤瑟夫为让-路易有些稳定收入所表现出的关心。但是，在他的近友胁迫之下服从于压力，这无异于毁掉他的日常生活，是不行

---

① 《拉加德与米沙尔》(*Lagarde et Michard*)；这是一本法语教材，书中选了法国一些著名作家的文章，并有作家简介和相关注解。

Les derniers jours de
Roland B.

的。尤瑟夫得到的是粗暴对待。还有一次，让-路易建议罗兰为保罗的诗集写序。罗兰再一次发火，因为有无数人要求他写序，而他又无法拒绝。他最亲近的弟子都变成了"讨厌之人"，这是他难以接受的事情。

5 记忆之雾都

54   1977 年上半年，是罗兰的第三个辉煌时期。在进入法兰西公学和《恋人絮语》出乎意料地获得成功之后，罗兰的朋友们又在 6 月末围绕着这部作品为他组织了一次研讨会。那个年代，在智力方面获得了成就，一般都享有在舒适的季节到芒什①的塞里西市（Cerisy）搞一次盛大聚会的权利：近友和弟子们一连几天围绕着他们偶像的成果高谈阔论，并共同生活在 17 世纪的一处城堡之中。

罗兰的朋友们不得不尽力说服他不要犹豫，由于没有任何独自庆贺的兴趣，他曾两次拒绝。他最终接受这一建议是出于非常个人的原因：他不想让人留下"他是拒绝研

---

① 芒什（La Manche）：英吉利海峡在法国叫做芒什海峡，这里指海峡南岸的芒什省。

Les derniers jours de Roland B.

讨会的人"的印象。这个群体来到了距离格兰维尔市 55
（Granville）不远的地方。尤瑟夫开着罗兰的汽车。由于一直确信无法回忆起职业生涯的曲折过程，罗兰在这个地方发现了一种讽喻：他建议把塞里西市重新命名为记忆之雾都（Brume-sur-Mémoire）……

来到诺曼底，他既心满意足，又不无挂念。挂念什么呢？更准确地讲，他情绪不高：妈姆的身体已经很差了。直到最后的时刻，他还在考虑取消这次研讨会。在一整周的时间里，他不断向巴黎打电话，询问妈姆的最新情况。母亲的阴影游荡在讨论会之中：几个月以来，罗兰清楚母亲注定要离开他了。一位医生肯定地告诉他，母亲的日子屈指可数了。他没有对不上心的弟弟透露任何东西，而是独自承担这一沉重的秘密。罗兰是在焦虑伴随之下体验了他的最高荣誉的。他与母亲组成的这一对快要结束了。他感觉到自己没有了支撑，经常提到自己的"苦恼状态"。他在春天的时候就对几个学生说出了这样的话："一直以来，我最担心的是妈妈很快要去世了。"

在记忆之雾都，他对身处带有航线标志的大地表现出了兴趣。他把研讨会的组织工作交给了安托万——他最终选择了年轻一代。这位细心的弟子曾联系过与罗兰的发展 56

道路有过交叉的所有文艺界名人。由于他没有提出为这些人安排特殊的位置，所以，许多人都拒绝了邀请，例如索莱尔斯，他知道他的朋友的这位卫士是多么厌恶他。相反，乌埃勒街的那帮人都到了，他们一个跟着一个，从让-路易到尤瑟夫，还有泰希内。

只有一位"明星"前来与会：阿兰·罗伯-格里耶。在罗兰开始其职业生涯的时候，曾经支持过新小说。罗兰和新小说的好几个代表人物有联系，例如米歇尔·布托尔①，还有玛格丽特·杜拉斯②。在很长时间里，他曾经常与玛格丽特·杜拉斯在圣诞节午夜一起用餐，他对她留有一种美好的记忆。罗伯-格里耶的到场证明了过去结下的情谊。两位老同谋者的对话与那一周的其他会议无任何相像之处，其他会议都是发言谨慎、讨论含糊。罗伯-格里耶对于罗兰怀有真正的感情。他很快就发表了有关他参加这次会议的文章，题目是《为什么我喜欢巴尔特》（《Pourquoi j'aime Barthes?》）。但是，这位天生的挑衅者③的爱是粗暴的，甚

---

① 米歇尔·布托尔（Michel Butor, 1926— ）：法国新小说派作家。

② 玛格丽特·杜拉斯（Marguerite Duras, 1914—1996）：又译杜拉·迪拉斯，法国新小说派女作家，代表作为《情人》（Amant）等。

③ 阿兰·罗伯-格里耶。

Les derniers jours de Roland B.

至比这个充满热恋的弟子圈里的人还粗暴。

他的主要指责是：他的朋友罗兰过于自我保护。他甚至脱口说出，当他阅读罗兰的自传时，他惊奇地想到："好啊，他真的一点风险都不冒，他再一次躲了起来。"这位"躲了起来"的人的回答是："在一个电视节目里，我发现自己成了主角，让-路易·博里①曾催促我至少打破一次这种保护层：他希望我'轻微跳动一下'。让-路易·博里要求我灵活跳动一下，以证实他自己灵活变动的正确。"在私底下，这位小说家兼《新观察家》杂志的电影批评家是非常露骨的。他肯定地说："罗兰和我，我们两人跟同一拨小伙子有关系。区别在于，我是自愿接受的。"

罗伯-格里耶并不只针对罗兰不肯自愿出来这一情况，他还经常主张，相对于那种"虚伪的方法"，没有任何理由反对"灵活跳动一下的方法"，他补充说："我们可以说，你是虚伪的人；你的一些文本就归因于这种虚伪性。"罗兰竟然是虚伪的！大厅里人们开始责备起来。更何况，罗伯-格里耶在提到他发言之前研讨会气氛低沉的时候，又说出

---

① 让-路易·博里（Jean-Louis Bory, 1919—1979）：法国作家、记者和《新观察家》（*Nouvel Observateur*）杂志的电影批评家。

这样的话："我感觉我耳朵里堵了东西。你说话声音很低，嘴上还常常叼着一支烟做掩护，这就可以使你不用大声喊叫了。"

罗兰讨厌任何与质疑相像的东西，他巧妙地忍耐了下来："你与美国人一样反对吸烟：美国人不能容忍与你说话时嘴里叼着一根烟，只有法国人这样做。""新小说家"回答说："相反，这种事刺激我"，他并不寻求伤害，"在蓬皮杜文化宫里，正是这一点在刺激我"。

今天，热心的审查人员会去掉作家老照片上的烟卷。但在当时，吸烟是作家们的一种自然的补充。在法兰西公学里，罗兰在上课时是不吸烟的。但是在高等实用研究院主持研讨班时，他嘴上总是叼着烟蒂，这赋予了他一种开玩笑的姿态。他的学生们都用目光盯住那弯曲的烟灰，等待着它注定要掉在上衣或毛衣上的时刻。人们经常提到罗兰有着英国人的翩翩风度和对于粗呢大衣的爱好，但是，他的衣服上有多处被烟灰烧出来的洞。这种反差是他习以为常的事情。

在记忆之雾都，罗伯-格里耶继续进行着他的破坏活动："另一种批评：控制……"罗兰在控制！这更等于投掷了一颗小炸弹："你在你周围散布恐怖。"这一次，直接就

Les derniers jours de
Roland B.

在大厅里引起了骚动。但是，小说家反驳罗兰的弟子们："是的，是的，"他几乎到了发火的程度，"你们很清楚，真正的恐怖是那种看不到的恐怖。"这太过分了。罗兰的朋友们替他回答。第一个说，这是一次"歇斯底里的意外事件"。第二个承认他"被这种大量的俗套所困惑，因为这些俗套半个小时以来不断地出现"。第三个则接着说："您是否认为，当我们谈论某样东西时，只能采用俗套？"被责备之人反驳着，毫不退让："罗兰证明过这一点。我也许可以说他操作起来更为灵活。你们好像都有些情感上的反应，就像我是在攻击罗兰似的。我想指出的是，他的文章中有一种与我直接对话的暴力。"

在这一过程中，罗兰坚持沉默。说真的，罗伯-格里耶的另一段发言更伤害罗兰。在前面的那一次讨论时，罗兰表示他有意转向写小说。这种愿望在他的余生一直使他苦恼。他曾解释说："写作一部小说，这就是我面对的事情。*60*因为我很长时间以来就想描绘我所喜欢的人，并且到现在我也绝对未能成功做到……"他还补充说，一天晚上，他正处于消沉之中，被"一种惬意的神奇方式所支持"，产生了"像普鲁斯特那样，进入小说，就像进入宗教"的想法。

然而，罗伯-格里耶马上反驳道，他的朋友罗兰已经是

"一位小说家，而且是一位现代小说家：他的那些片段总是描述同样的东西，而这种东西又几乎不存在"。罗兰在一生中，都想成为小说家，他曾对另一个罗兰小声地说："我一直想像亚历山大·仲马①那样写作，但是，我从未敢尝试。"一位后来成了驻外大使的弟子菲利普说出了这样的话："在上高中的时候，我就认为他会成为我们时代的维克托·雨果。"罗兰确信由于长时间说话不顺，让他清楚地表达是痛苦的。而且，他并不喜欢罗伯-格里耶的认为写作早已开始的说话方式。他说话明确、细腻，改不了清晰的习惯，他把自己介绍为一位"写家"，而从来没有当作一位作家，更何况小说家！

在塞里西，罗兰必须过日常生活：有人打乒乓球，在食堂里，有人扭动着身子走近罗兰的餐桌。一天晚上，几位乌埃勒街的人到一个开着门的房间吸食印度大麻，罗兰出现了。埃利克叙述说："只有让-路易手中有大麻烟卷。他就像一个孩子似的，被罗兰抓住了，他赶紧在地板上弄碎了烟卷。"

61

---

① 亚历山大·仲马（Alexandre Dumas，1802—1870）：此处应该是大仲马，19世纪著名小说家。

Les derniers jours de Roland B.

罗兰与一位年轻的大学老师亚恩（Yann）相处后，烦了，因为亚恩几乎不停地在谈论玛格丽特·杜拉斯。第二天早晨，他有些气愤地、小声地对人说："我为他向玛格丽特写了一封推荐函，这对大家都好。"后来，亚恩成了玛格丽特的最后伴侣……夜来了，在记忆之雾都，罗兰并不是唯一这么做的人。让-路易回忆说："在走廊里，有一些人在来回走动，手电筒撕开了黑暗。"

有一天，罗兰与乌埃勒街那帮人去了海边。他们中最勇敢的人都下水洗澡了。第二天早晨，他和安托万一起去格兰维尔市吃早点。离开酒馆的时候，他们进了一家海军服装店。当时，安托万都说了不需要购买什么，可是，罗兰还是买了一件双排扣上衣。在他的一生中，他是那种不得不买时才掏钱的人，这可以解释为他青少年时因生活拮据而养成的怪癖。

最后的会议上，罗兰的结论是："到了我生命的这一阶段，在为我发起的研讨会结束之际，我要说，我感觉到，并且几乎是确信，我并没有在我的作品上有什么成功，而是在结交朋友们方面获得了成功。"是在说奉承话吗？为了感谢那些远道而来的朋友，这难道不是一种过于献媚的方式吗？不仅如此，在一周当中，他承认自己"经常像是骗子"。罗伯-格里耶更注意到罗兰不大露面，他后来悄悄地对人说，这种感觉一直伴随着他的这位朋友走向死亡：罗兰确实不敢肯定，他的庞杂的著述是否能为后世所接受；他后悔自己有写作古代风格小说的愿望，可却成了现代性的称颂者。他的朋友们，特别是他的那些年轻的同性恋朋友们，却成了他夜晚的兴趣、生活的兴趣。

实际上，罗兰在活着的时候，就已经被做了"防腐"处理了。但是，由于母亲生病，他感觉到越来越容易受到伤害。在返回巴黎之前，他摘了一朵玫瑰，插到了上衣扣眼里。安德列·泰希尼看到他这样做，感觉他在装扮自己，为的是重新见到自己真正之所爱，那就是不久就要辞世的妈姆。

6 于尔特日记

罗兰一直想写点日记。他利用短期逗留的空闲时间，
于7月份在于尔特开始尝试。他总是对回到西南部感到高
兴，但也多少觉得有点无聊。他一边准备来年法兰西公学
的课程，一边在完成多项写作任务。在投入到"于尔特日
记"之中的时候，巴尔特不见了，只剩下罗兰。

他第一篇日记是1977年7月13日写的："思想沉闷、
恐惧、焦虑：我看着所爱的人在死去，我简直疯了……"
面对不可挽回的死亡，他只不过是一个吓得发抖的孩子。
同一天，他写信给他的一位弟子埃利克，说非常想在于尔
特见到他：妈姆"是太累了：从我们来到之后，她实际上
只待在床上，我心里非常痛苦"。于是，他成了患者护工。
在与之对话的人看来，他们有一个必需的会话主题：询问

他妈妈的健康状况。一位法兰西公学的教授到于尔特来看罗兰，而且这位教授自己的母亲也在生病之中，他在接着话茬说话时常常联想到自己的痛苦。他感觉罗兰不愿再说下去："给人的印象是，好像只有他才有母亲。"他叹息着说道，并且至今还觉得不是滋味。

7月14日，他这样写道："为什么在这里要比在巴黎更担心呢？这个村子是那样的平常，摆脱了任何幻想，以至于所有感性活动在这里都显得完全不合时宜。我太过分了，因此被排斥在外。"在巴黎，他感觉是在西南部，而在于尔特，他又感觉是在巴黎。即便在他接受《书讯》采访之后，也很少有村民知道他真正是谁。那些消息最不灵通的村民大胆地说，他是一位"索邦大学的先生"，可是，索邦大学的毕业生们甚至不承认他。罗兰干脆通过他穿戴的服饰来解决这个问题：在于尔特，这位独爱粗呢上衣的人喜欢穿一件司炉工作服。

几年后，他还是编织起了某些关系网，尤其是与L医生。他们一起弹奏音乐，罗兰纠正说："我们只是弹出声音。"他一直为自己是一位笨拙的钢琴手感到抱歉。这位医生用小提琴给他伴奏，他回忆说："罗兰不喜欢同一段曲子弹奏两遍。"罗兰很愿意医生的几个女儿来伴唱，这栋漂亮的房子充满了家庭气氛，而他则可以从这栋房子里注视阿杜尔河。有时，他也在那里吃晚饭。到国外短住时，他从来不会忘记给这里寄一张明信片。

7月16日，他写道："早晨出门采买（去杂货铺、面包店，而村子里几乎没有这些），我根本不会错过。"这位循规蹈矩的人非常确信他就是在于尔特出生的。天一亮，他就到离家几十米外的小镇中心去购物：他买《西南报》（le Sud-Ouest），他说这是地区日报；他还在面包店里消磨时光。他通常都去面包店后面——因为那里有烤炉，还与同时当镇长的面包师讨论政治。或者，他与这家的女孩聊天，那是一位正值青春年少的女孩，罗兰说她充满朝气。这个女孩，现在经营着她父母当年的面包店。当有人在她面前提起罗兰的时候，她只是说："那是一位非常好的先生。"而每当圣诞节，罗兰都会给她送礼物……

在巴黎，他的行为表现是贵族气派的。他厌恶繁复，揭露他所说的和在今天可以翻译成"政治上是正确的"多格扎①。他的充满各种文本的新创词，也是超越平庸的一

66

---

① 多格扎（doxa）：罗兰·巴尔特在《罗兰·巴尔特自述》"傲慢"（Arrogance）一节中写道："多格扎（这个词会经常出现），即公共舆论，即多数人的精神，即小资产阶级的一致意见，即自然性的语态，即偏见之暴力。"见原书第51页。

种手段。在于尔特，他完全沉浸在快乐之中。他写道："在村子里转一转，我学到的有关法国的知识，就比在巴黎几个星期学的还多。"在与于尔特村民的关系上，正像他弟弟所说的那样，他自然地表现得非常和蔼可亲。

7月16日："妈姆今天状态很好。她坐在花园里，头上戴着一顶很大的草帽。只要一见好，她就对住处感兴趣，就爱参与别人的谈话；她整理东西，把热水器的电源关掉，而我则从来不做。"当埃利克到的时候，他看见罗兰把母亲"细心地安放在避开太阳的一把长椅上"。

有时罗兰会对于尔特感到厌倦，而被他邀请来的客人更是如此。每天晚上，活动都是一样的：看电视。在加斯科尼地区，他们显然不能随心所欲。他有时晚上去比亚里兹市（Biarritz），有一次，他终于看到了一个傻瓜：结果，他的公文包被一个小无赖偷走了。

"妈妈，我上电视了。"罗兰的声音在房子里回荡。妈姆在二楼她的房间里。法国电视二台播放了他与皮埃尔·迪玛耶（Pierre Dumayet）的访谈。罗兰把声音放大，但是他的声音走音过多，以至于妈姆听不明白说的是什么。于是，他"慢慢地把妈姆搀扶到楼下，并把她安排在双人沙发上"——埃利克这样讲述，并且再一次被罗兰表现出的

Les derniers jours de Roland B.

最大细心所感动。就是在这一次采访中，让-路易·博里说他过分自制，说他没有充分"跳动一下"：罗兰在谈话中影射了他在塞里西市录制的内容。埃利克回忆道："我记得当时爆发出的笑声，把我们三个人都惊呆了。"妈姆懂得博里向他儿子要求的东西吗？

由于成功，他经常在电视荧屏上抛头露面。有一天晚上，罗兰与埃利克在看一部比内尔[①]的影片，他们认为影片不大有说服力。罗兰站起身，换了频道。荧屏上出现了小说家雅克·洛朗[②]的镜头，他正在抨击"巴尔特这个蠢货"。罗兰惊呆了，他马上关了电视。他面色大变。在于尔特度假，不意味着"没有了攻击"……

7月18日：最后的"妈姆的生日，我只能献给她一束花园里的玫瑰；自从我们来到于尔特，这是第一次、也是仅有的一次送给她玫瑰"。他写道："焦虑重重，想象最坏的事情和不得体的愉悦。"有时候，是妈姆和两个孩子都喜欢的女邻居米里娅姆（Myriam）过来给他们做饭。菜谱绝

68

_____

① 比内尔（Luis Bunuel，1900—1983）：祖籍为西班牙的墨西哥电影导演与编剧。

② 雅克·洛朗（Jacques Laurent，1919—2000）：法国记者、小说家、随笔作家。

对是当地菜谱：蔬菜汤，辣椒末煎鸡蛋，带有佩雷奥拉德市（Peyrehorade）所产杏仁的甜点。在于尔特，强加给客人的习俗，就是要消费当地的产品：有佩雷奥拉德市的甜点、贝洛克（Bellocq）修道院的山羊奶酪、巴约纳市喀兹纳夫（Cazenave）家族的巧克力，等等。

罗兰还写道："M. L. 让她的一个女儿送来了从花园里采摘的花。"在这些家姓大写字母后面，隐藏着一位女佣人。在她与负责花园的丈夫、罗兰的妈姆以及两个男孩子之间，有着一种爱的故事。今天，M. L. 已经去世，但是她的一个女儿回忆道："当巴尔特一家来到时，我们家便没有了其他亲友。"这家人完全听由这家巴黎人的安排，他们的关系发展到这种程度：罗兰被邀请参加这一家的大女儿的婚礼。在他去世 10 周年之际，《西南报》发表了罗兰的一幅照片，他就在那几位相当土气的客人中间。从生命结束之前拍摄的那些底片上看，他的脸色阴沉。在于尔特的婚礼上，他显得格外放松，几乎可以说是快乐地生活着……

罗兰与 M. L. 保持着通信联系：在离开于尔特的时候，她表示不愿意给罗兰写信，理由是她拼写错误太多。罗兰安慰她，向她解释这一点并不重要：在巴黎，他很喜欢来自于尔特和这个家庭的消息。

Les derniers jours de
Roland B.

埃利克来到于尔特，使罗兰的逗留变得不那么凄凉。他们常常谈话很久，谈到坚持写日记，谈到罗兰后面要出版的书籍。7月22日，他写道："几年以来，只有一项计划：开发我自己的愚蠢，把它变成我的书籍的内容。"罗兰与他的愚蠢：还有哪一位名人曾用这种平庸的词语来谈论自己呢？他接着说："我说的是自我崇拜的愚蠢和爱情上的愚蠢。"他的话影射了他的自传和《恋人絮语》。还有政治上的愚蠢："我在政治上对于事件的日常思考（以及我不停地从政治角度思考的事情）都是愚蠢的。"

还有一次，罗兰并非纯粹为了讨好别人才显示出谦卑。在他的荣誉达到顶峰的时候，按照L大夫的说法，他被某些人看作是"法国最富有智慧的人"。那些接近过他的人都说，他会带给你一种馈赠：那就是他会使对话者变得更聪明。朱丽娅·克里斯蒂娃写道："有他在场，我们也觉得自己是个人物。"但是，这位说话明晰的怪人对此毫不在乎。为了证实这一点，有一天，他对他认真地追求的另一位罗兰说："你很清楚，我是一个笨蛋。"他不能忍受在电视上被一位小说家批评，因为这位小说家说他在文学上施展专制。但是，在他的日记里，他面对那些近友却谈论自己的愚蠢。他总是给人这种令人讨厌的骗人感觉。

他与埃利克一起去买东西。7月22日，在巴约纳附近的安格莱卡西诺（Casino d'Anglet）超市："我们突然确信，人们在购买所有东西，我也是这样。显然，面对在我们眼前像是微型马车一样傲气地走过的小推车，没有任何必要去购买懒洋洋地躺在保鲜纸袋里的比萨饼。"他经常说，越是去采购，就越对细微的生活感兴趣。

于尔特并不完全是穷乡僻壤之地。沿着阿杜尔河，能找到法国最好的餐馆之一——加吕普（Galupe）餐馆。罗兰经常光顾这家餐馆，因为这里的大厨是距离他家只有几步远的杂货店老板的儿子。一天晚上，他带着埃利克去了那儿，在路上，他们遇到了一对手拉手的恩爱夫妻。罗兰说："纪德搞错了。他本该写的是：我所恨的，不是家庭，而是夫妻。"他不像从前那样打算在这里落脚。他比任何时刻都想陪伴一下妈姆。3个月之后，妈姆去世了。

7　被缩减的时间

斯塔尔夫人[①]说过:"在生活中,只有开始。"罗兰越是
年长,越是难以超越这个阶段。有一天,他承认说:"我有
这样的嗜好,先写出导论、提纲,把真正的书放到以后
写。"他陆续出成果:一部日记草稿、一部小说的开头、关
于索莱尔斯的文章结集、把为《新观察家》杂志写的文章
按照年份进行整理、一部关于摄影的"评注"——他的著
述都还是初步的。很快,在1977年这个夏天,在于尔特,
他厌倦了这些"记录"。他后来解释说:"我提出的问题是:
'我应该坚持写日记吗?'这个问题在我的大脑中立即就有
了一个使人不悦的答案:'不去管它吧。'"

这种困难总是需要严肃对待的,总被看成是一种圣像

---

① 斯塔尔夫人(Madame Staël,1766—1817):法国古典女小说家。

73 不可触动：他在考虑"如何才能坚持一种日记而又没有自我崇拜呢？关于自我崇拜，在我身上很少"。有人为他提供这方面的证明。8月，他与母亲还在于尔特：妈姆太虚弱了，以至于罗兰无法考虑像往常那样与他的"朋友们"真正度假。他变成了护士，整天"不可避免地"待在妈姆的床前。正像他在一封写给雷诺·加缪的信中所说，他没有心思去关心细小东西："自从妈姆生病以来，我的生活变了。我不仅自己没有时间，而且也感觉没有了别人的那种悠闲自在了。"

不管怎样，他还是试图消除烦恼。他叫来了正在距于尔特不远的热尔省休假的两位弟子：博格达诺夫（Bogdanov）兄弟俩带着他们的吉他来了。埃利克解释说，罗兰"被兄弟俩吸引住了"。他高度评价这两位在他的弟子中非常突出的、举止轻盈的未来电视明星，他喜欢这样说："你们属于那种没有重量可言的人，在我看来，你们就像是和蔼可亲的外星人。"每一年，这三个男人都在于尔特聚会。每当看到这两位客人在门前露面时，他都欢呼道："我多么高兴啊！我认为我的花园里有了两尊希腊塑像。"

74 兄弟俩陪他一起去面包店。他在于尔特日记的最后一页写道："我很想试一试米里娅姆的自行车。可是，我从还

*Les derniers jours de
Roland B.*

是孩子的时候起就不骑自行车了。我的身体不适合这种古怪的、太难的运动。"幸运的是，两兄弟在现场平稳地把住了他，三个人开怀大笑。罗兰一再说："吸引我的，是表明轮子在自由转动的那种清脆声音。"他对于自己的这一大胆行为感到自豪，他还向面包店女老板做了叙述。从面包店出来，他还在思考："面包里最重要的，是气味。这是别处买不到的，但是我可以带着它离开。"

自然，骑自行车的时候，他摔倒过："我本能地听凭猛然摔倒，两腿朝天；我从车上摔下来，来了个杂技动作，滑稽可笑，可是，我也因此减轻了摔伤。"他甚至是在意想不到的情况下这样做的，可见，他具有自我保护的反应。博格达诺夫两兄弟一直保留着对于这一情节的记忆：那是一种"电影技巧式的"摔倒，缓慢，紧跟着是一个滚翻。在地上，罗兰四脚朝天。他困难地站起来，拍打掉司炉工作服上的尘土。两兄弟注意到，"罗兰对这次摔倒很是高兴"。当妈姆在世的时候，他可以表现得像一个孩子。 75

"我变得滑稽可笑"：这难道不正是写日记所考虑的秘密目的吗？他打算卸下面具。他越是成熟，越是受人尊敬，就越是既想毁掉他的塑像，又想毁掉他的地位。他提及自己的愚蠢，又表现出自己的笨拙。我们坚持称他为"大师"，但是，博格达诺夫兄弟继其他学生之后也观察到，"他并不把自己看作是大师"。另一位片段式写作的作家帕斯卡尔①曾经写道："人之为人的不幸。"罗兰回应说：大师的不幸。

晴天的时候，妈姆在中午时分尽力做点饭：红皮萝卜加一盘土豆煎鸡蛋。罗兰解释说："我最喜欢妈妈做的饭菜的一点，就是简单，或者说真实。"按照泰希内的说法，两位学生的到来使他"老调重弹"。下午的时候，他们先是弹奏乐器，随后是玩 l'attrapé 游戏②。"这是一种对外保密的游戏。"在离开的时候，罗兰说："我很想跟你们说点事，可是我们谈的都是些鸡毛蒜皮的事。说点事，就是什么都不说。"

于尔特的日记就在这一天结束，其最后的文字是："突然，我对于不是现代人这一点变得不再那么关注了。"罗兰的另一位杰出的学生阿兰·芬基尔克罗（Alain Fink-ielkraut）知道他这么承认过："他出奇地感觉到了一种解放、一种对于自己的谅解，这是他为抗拒个人追求所做奋

① 帕斯卡尔（Blaise Pascal, 1623—1662）：法国数学家、物理学家和古典作家，代表作为《思想录》（Les Pensées）。
② l'attrapé：该词来自于动词 attraper，其意为"抓住，追赶，戏弄"。

Les derniers jours de Roland B.

斗的终结。"从"新小说"到《新观察家》杂志，他的整个学术生涯都被置于新颖性符号之下。然而，他很少阅读现代作品，而只满足于看一看他所收到的书籍的封面。晚上，在入睡之前，他重新阅读夏多布里昂①、托尔斯泰、普鲁斯特等人的作品。他在塞里西承认："关于现代性，我们只能搞一些属于策略性的活动。"

在那个年代，阿兰·芬基尔克罗的这一判断引起了轰动：罗兰被看作是时尚的裁判。塞里西研讨会的组织者安托万写道："他总是第一个，总是处在先锋位置上，人们不可能赶得上他。"20年后，这位安托万把罗兰放在了"反现代性的人们"之列。当然，不能不注意到罗兰在母亲临近去世之前也承认了这一点。阿兰·芬基尔克罗写道："巴尔特最后不再向前看，而是向后看了。"

回到巴黎之后，他只有一件事放心不下：妈姆的健康。妈姆的心跳越来越微弱，两条腿越来越沉重，她实际上已 77 经肢体不灵便了。罗兰拒绝送妈姆住院。妈姆将在他身边死去。罗兰要找一位女护理，他不在家的时候好替他照顾

---

① 夏多布里昂（François-René de Chateaubriand，1768—1848）：法国小说家、政治家。

妈姆。一位女友向他推荐了一位女天主教信徒。他拒绝了：他不想伤害妈姆的新教信仰。他最终通过第六区政府找到了一位女护士。他几乎足不出户。当他与几个朋友到塞尔旺多尼街上的一家小餐馆去吃晚饭时，他会很快回到妈姆身边。

他比以往任何时候都不肯离开母亲。后来，他在《明室》一书中叙述道："妈姆在生命的晚期，身体虚弱，非常虚弱。我生活在她的虚弱之中：我不可能参与外界事物，不可能晚上出门，整个交际社会都让我害怕。在她生病期间，我照顾她，把盛有她喜爱的茶的碗送到她嘴边，因为这比端起茶杯喝更容易，她变成了我的小女儿。"他又补充说："她，很强大，是我内心的清规戒律，我体验着她，最终她成了我的女性孩子……作为没有生育过的我，我早已在她的疾病之中，培育了我的母亲。"

如何才能融合得更好呢？她已经是他的母亲和同居者，又正在变成他的女儿……根据让-路易的说法，母亲甚至是他的"婴儿"，因为母亲是那样虚弱。他的朋友们都围绕着他。身为出版商的弗朗索瓦腼腆地写道："我们当中，谁都不会忘记他母亲去世之前的那些日子。"罗兰感觉到脚下的土地在沉陷。他只不过是在尽力延缓不可医治之人的一个

Les derniers jours de Roland B.

影子，它徘徊在真空之远景的面前。我们都知道基督在面对十字架时的叫喊声，他悲叹道："上帝呀，上帝，你为什么抛弃我呢？""母亲呀，母亲，你为什么抛弃我呢？"给他留下的时间，他感觉那是被缩减的时间。

8 冬天里的男人

79   埃利克被一个电话叫来守灵。像罗兰的其他朋友一样，他在停放遗体的房间里默哀良久。在 1977 年 10 月 24 日妈姆去世的那天，罗兰请他的近友们都不要离开他。他打电话给远方的朋友们，告诉他们妈姆辞世的消息。每个电话的内容都是一样的：“我亲自通知你这个可怕的消息。我不希望你们从报纸上获悉。”

　　他不喜欢打电话，这大概是因为他属于很晚才用上电话的那一代人。从更细微的方面来看，他也害怕被打扰。在妈姆刚刚去世的时候，他面告所有他能去见到的人，而

80 只给国外的朋友写信通知，任何朋友都应该知道这一“可怕的消息”。

　　葬礼是在于尔特进行的，到场人员很少。在众弟子当

Les derniers jours de Roland B.

中，只有让-路易陪他去了于尔特。巴约纳市的牧师来念了简短的悼词，他提到，这位寡妇在与另一个男人有了第二个儿子后被婆婆家拒之门外。他要求在场的人原谅小小的巴约纳新教社团没有接受它的一个成员去爱一位犹太人……今天，路易评论说："这真是一种卑鄙行为。"只有很少的人去了附近的坟地，参加送葬。在坟墓前，罗兰想了些什么？他们的分别完全是突然的……

尤瑟夫与埃利克到里昂火车站[①]迎接从于尔特返回的罗兰和让-路易。他们先是去了尼古拉-乌埃勒街去吃追思晚饭。罗兰指着让-路易对这一小组人说："他比我哭得还厉害。"让-路易确实哭得更厉害，但是，罗兰却精疲力竭了。他的所有朋友都害怕他的妈姆去世。他们都感觉到，随着母亲病情的发展，这个儿子的苦恼在增加。他们意识到，他们过去不了解实情。罗兰已不在真实的生活中，而是在死而复生之后活着。两年之后，他写道："我可以在没有母亲的情况下活着，我们或早或晚地都会这样活着；但是，我所剩下的生活到最后肯定是没有意义的。"

81

---

① 里昂火车站（Gare de Lyon）：巴黎的四个火车站之一，是从巴黎开往法国南方和西南方的始发车站。

博格达诺夫兄弟回想起秋天他们在高等实用研究院的一个院子里与罗兰在一个长椅子上度过的那个紧张时刻。夜降临了，败叶从树上飘落下来。兄弟俩很担心罗兰的精神状况。罗兰用沉重的声音回答："妈姆走了，我还不适应。"兄弟俩感觉，罗兰是在自言自语。兄弟俩注意到："他没有感觉，因为他没有希望……在母亲去世之后，他进入一面纱罩之中。"

在长椅上，罗兰长时间沉默。他比平时更加沉默。兄弟俩必须伸长耳朵，才能听到他嘴里蹦出的几个单词："在妈妈去世之前，我一直感觉我还年轻。从她故去之后，我感觉自己迅速地变老了。"在他简短的自传中，罗兰解释说，他青少年时长期生病，这在他身上产生了一种古怪的作用：在他的整个人生中，都自我感觉比实际年龄年轻 5 到 6 岁。由于妈姆的去世，现实变得令人可畏：他马上 62 岁了，已不再富有活力了，他脆弱的肺叶使他经常咳嗽；他还是一个偏头疼患者。每当与近友见面时，他都说他的疼痛已经开始，他称这为"开始申诉"。埃利克回忆道，"感情上的联系"使得朋友们在听到他诉苦时"都不耐烦"。现在，他独自面对自己，没有了保护人。一位弟子说："如果他的母亲还活着，罗兰绝不会被小卡车撞到。她的去世，

82

Les derniers jours de Roland B.

也使他失去了判断能力。"

在1977年服丧的秋天，罗兰不遗余力地在家庭照片中寻找妈姆。他很清楚，"这是一个必然的做法，是哀痛之最难以忍受的方面之一，必须借助于这种做法"，他才有可能不再去回想她的面孔。但是，他有了写作有关妈姆的"小册子"的愿望，为的是使对她的记忆"至少延续得"与她的名望"一样长"。他比以往任何时刻都希望与她在一起。"巴尔特，母亲与儿子"：他的所有著述都可以放在这个名目之下。

他看着在于尔特拍摄的"妈姆的最后照片"，那是她去世之前的那个夏天："她很疲惫，很高贵，坐在我们家门前，身边是我的朋友们。"他久久不肯放开在他自传中发表的那些照片，其中有他的"年轻的母亲走在朗德海滩上"。他重新找到了"她的步调、她的光芒"，但是，他抱怨她的脸庞离得"太远了"。

83

他注视"一张照片，她把他揽在怀里"，这张照片在他身上唤起了"中国煎饼被揉搓时的柔软特征和米粉的香味"。作为一个永远长不大的孩子，多亏了妈姆强壮的身体条件——这让罗兰得到了更多的宠爱，妈姆把几乎还是少年的罗兰抱在怀里。在照片里，他依偎着妈姆，就像紧靠着一个救命浮标。他叹息道："我在她怀里感受着亲热的平静。"随着年龄的增长，孩子们会接受母亲不再跟着他们的现实。罗兰不是这样。在巴黎，他已经过了 12 岁了，由于母亲需要上班，他便感觉像是"被遗弃了"："我晚上到塞夫尔-巴比洛纳街（Sèvres-Babylone）去等她回来；公交车一辆又一辆地驶过，她不在其中任何一辆当中。"

在这个 11 月的夜晚，由于这些照片在他看来似乎都是相似的，所以他的苦恼就更大了："我只能通过一点一点地拼凑记忆才能重新辨认她，也就是说，我失去了她的完整存在形象。"他重新找到了"她两眼中的明亮、她眸子里的蓝绿色"，但是没有找到她的"本质"。"一点一点地回想与她在一起的时间"，他最终在她 5 岁时的一张照片里发现了"他所喜欢的那副真实的面孔"。在那张照片里，她两手交叉，站在她出生时的那栋房子的冬天的花园里，她的家就位于马恩河①岸边。"我注视着那位小姑娘。于是，我重新找到了我的母亲"：我看到"对于一种温存的肯定"，"那是一颗特殊心灵的宠爱"。

---

① 马恩河（La Marne）：塞纳河在进入巴黎之前从北部汇入的一条支流，"马恩"也是它所流经的一个省份的名称。

在患病期间，他感觉到他的母亲变成了他的女儿。在母亲去世之后，他从母亲5岁时的照片中重新找到了她。母亲与罗兰的关系出奇地像鸡蛋与母鸡的故事：妈姆孕育了罗兰，罗兰养育了妈姆，妈姆又生了罗兰……这张冬天花园里的照片一直伴随着他后来的时光。有时，他高兴地拿出来看一看："在我看来，这张照片是来自母亲孩提时代的一笔光芒四射的财富。"但是，也有时，照片使他惊愕、害怕："我一个人在她面前，一个人与她在一起。我忍受着，一动也不动。"或者是："面对母亲孩提时的照片，我自言自语：她将会死的。于是，我又一次为已经发生过的灾难颤抖、呻吟。"

死亡，死亡总是重新开始……他远没有脱离哀痛："我只能等待着自己的完全死亡：这便是我从冬日花园这幅照片中所解读到的东西。"她是完全死亡了！罗兰已处于部分死亡的状态：不止是妈姆不在了，妈姆在他身上的部分也死去了。世界上有连体兄弟和连体姐妹，对于巴尔特一家来说，他们是连体母子。妈姆走了，罗兰便感觉到肢体残废了。妈姆，是他的母亲、是他的女儿、他的大姐、他的孪生胞体。一位弟子透露说："他未能战胜自己的死亡，因为他觉得自己既是鳏夫，又是孤儿。"更为甚者："她去世

85

了，我不再有任何理由与活人的步伐一致了：写作变成了我生活的唯一目的。"

然而事实并非完全如此。他还有那些小伙子！他的那些朋友态度明确：妈姆去世几天之后，罗兰重新出门猎艳。中间的停顿是很短的。一位记者回忆，1977 年年底，有一天夜里，他在圣日耳曼-德普雷（Saint-Germain-des-Prés）大街见到了罗兰。一般而言，他们之间的会话都是关于知识界时事新闻的。那天晚上，罗兰反常地只向他提出一个问题："您没有看见阿布杜（Abdou）吗？"面对记者诧异的否定，罗兰无声地走开了，就像是一位梦游症患者。

在母亲去世之后，他就不再在电视上露面了，这一点妨碍了他"轻微地跳动一下"。这并不仅仅是为了不违背妈姆的愿望，也是因为他厌恶傲慢，拒绝以榜样自居：他在年轻时写的、有人建议重新发表的有关戏剧的一篇文章边白处写道："我所憎恨的全部，就是富有战斗性。"但是，此后他又泰然自若地表明他是同性恋者，有时竟表现得非常唐突。他甚至在花神咖啡馆对他的朋友说："今天晚上，我与一个掮客一起吃饭。"

在母亲去世之后，罗兰终于自由了！不管他怎么说，妈姆在世时对他还是有所羁绊的：他非常害怕妈姆全部了

Les derniers jours de Roland B.

解她已经知道的事情。由于得到了解放，他便越来越像一个"掮客"，同时继续考验他的那些瞬间朋友。例如在埃尔韦·吉贝尔（Hervé Guibert）看来，罗兰经常迷恋那些很时髦的年轻人。对于那些人，他施展出他的所有魅力。作为小说家和摄影师，吉贝尔曾多次要求罗兰与生病的妈姆一起照张相，但未成功。他解释说："如果成功了，那会是那个时间里唯一的一张照片。"

两个人在妈姆去世之后又见面了。罗兰一脸苦恼，表现得很急切。埃尔韦拒绝了他。后来，埃尔韦声称罗兰曾"追求他"，之后作为补偿，答应给他写一篇他所要求的序言。"追求"，这词大概是有点过分，这不是罗兰的风格，也许是"暗示"……在这一段趣闻之后，埃尔韦写信给罗兰，向他解释了为什么他们之间的任何关系都是不现实的。罗兰回信时抱怨说："第二封信是极为恶毒的。""这封信意图中伤。它对别人说，他的身体是不可期待的。是这一说法怀有恶意，而不是想法恶毒。"这种专横的要求，总是无法与令人生气的词语相比对。他极为明确地补充说："因为，关于我身体的排他性这一点，有谁比我更富有想象力呢？同意和我接触的人，在我看来，都一直属于奇迹范畴。"

在这些 12 月初写的令人心碎的关于 H（埃尔韦·吉贝尔）的絮语中，罗兰丝毫不掩饰自己的不幸："他巧妙地使他的身体离开了我的身体，他退到了房间的深处，并很快地离开了房间。他把我看成了跳高运动员：似乎我正要跳过去，他却提前躲避了。"罗兰为这种误解辩护。罗兰抱怨，埃尔韦只向他表现出一种"疲倦的礼貌，这种礼貌就像是一种哀痛：是对于另一个人的强求的、不可修复的哀痛"。

　　哀痛一个接着一个。1977 年于庆贺声之中开始：法兰西公学，《恋人絮语》，塞里西研讨会……但却是在痛苦之中结束的。痛苦是不可超越的，它起源于妈姆的去世。不可原谅的是，他为自己那正在老去的身体不再使那些山羊羔感兴趣而痛苦。春天的时候，他还是一个盛气凌人的儿子；冬天来了，他只不过成了一个苍老的人。

88

Les derniers jours de Roland B.

9　一位仁慈的同性恋者

他没有了与他的性欲相一致的身体。作为善于变化的
人，罗兰大概汇集了他所有的好运，即便已经上了年纪。
他以有磁性的嗓音、银白色的两鬓和很会施展影响力的手
腕，开始去讨成熟的太太们的欢颜。这些太太当中的一位，
即法兰西音乐公司的监制人，愿意把他揽到自己的羽翼之
下：她感觉到罗兰茫然而不知所措，便准备取代妈姆。她
的急切表现使罗兰感到不安，以至于每当她邀请他吃晚饭
时他都让一位朋友陪伴。他与这位仰慕者都喜欢舒曼①；
他们从这里开始并最终把命运结合在了一起……可到最后，
他唯一的指路人仍然是妈姆。

许多男同性恋者都喜欢有女人陪伴。罗兰的这种情况

---

① 舒曼（Robert Alexander Schumann，1810—1856）：德国作曲家。

并不多。实际上，罗兰对女人并不感兴趣，除了妈姆，其他女人似乎就不该存在。他的一位女学生古怪地解释说："他很少对女人感兴趣，甚至都分不清她们，就像某些人说所有黑人都是一个模样那样。"罗兰肯定地说，只有一个女人有可能使他改变性欲：朱丽娅·克里斯蒂娃。这是一种纯粹的原则性预期理由：他从来没有试图引诱过索莱尔斯的女伴。

他的言辞有时接近于表现对女人的厌恶：因此，他拒不承认，母亲们除了关心孩子之外还关心其他东西。在妈姆去世之后，他开始有时间喝茶了。他还时不时地去邻居玛丽-法朗士·皮西耶家里喝茶，她现在也住在塞尔旺多尼街。这位女演员回忆，罗兰去她家的时候，从不空着手进门：他通常都带着使他回想起童年的巴约纳地区的甜点。她还特别记得在"第二性"终于被承认有权享乐的那个年代，罗兰对她说过的一些使她不无惊愕的话："我非常尊重女人，以至不相信她们喜欢这样。"妈姆早先拒绝"这样"，为的是不打乱罗兰的世界。所有的女人都应该以她为榜样。

因此，他更喜欢男性。但是，在这一点上，他的身体

Les derniers jours de Roland B.

条件妨碍了他。尤瑟夫指出："这个群体是一个比拼身体的市场。"罗兰忍受着身体长期肥胖的痛苦。这种坐垫式的 *91*身体让女人喜欢，却让小伙子不大高兴。更糟糕的是：他的脸既显示出某种高贵气质，又带有不可否认的优柔寡断。他的目光是深邃的、有穿透力的，但是面颊与下巴像路易十六那样有些塌陷。他的脸也明显地有些胖。

一个经常与他在帕拉斯剧院见面的人说："他身上没有一点性欲特征。"又补充道，"福柯是个大光头，是非常有刺激性的，至少在这一方面，福柯也远远超过了罗兰。他的那些年轻的伙伴也这么说：罗兰并不是真正喜欢性，甚至不是真正乐意如此的人。"

只有上帝知道他为什么减肥。这是他比较喜欢的话题之一：他正在遵循或者马上就开始的摄食制度，可以让他重新找到青少年时的身体。在患肺病之前，他是很瘦的。于是，罗兰承认被一位美国营养学家的书所吸引，这位营养学家规定每天只吃一块与他的那本书一样厚的牛排。罗兰甚至想就这个题目写点什么："关于所有的减肥问题，需要写一本书。并不是为了开列减肥的菜谱——这方面的菜谱很多，而是为了探讨与减肥相关的神话。这是一种宗教 *92*现象。开始一种新的摄食制度，具有转变信仰的所有特征。"

这是他的魅力之一：他有能力既论述普鲁斯特或米什莱[①]，也论述环法自行车赛或减肥养生。一位记者前来与他谈他与电影的关系，这位记者对在一个小时里听他大谈特谈减肥和如何实现减肥不无惊讶：他们简直无法谈其他话题。但是，当看到罗兰在谈话结束时走进厨房打开冰箱，拿出大块奶酪放到烤箱里烘烤时，他又愕然失色：比起实践来说，谈论理论是一件更简单的事情。

罗兰辩解说这是无可非议的："在现代世界，有一种社会辩证法，它使人们不能坚守一种习惯。如果您与某个人一起吃东西，您就得直接听从于另一个人的眼神，而另一个人则会妨碍您遵守自己的习惯。"于是，这另一个人就成了责任承担者。事实上，根本原因是他难以拒绝吃东西所带来的快乐。

由于一直受肥胖和慢性咳嗽所困扰，他便每天晚上纠缠阿布杜或他的代替者。在这一点上，阿布杜得益于生活在圣日耳曼-德普雷街这一情况：在那个年代，巴黎同性恋

---

　　① 米什莱（Jules Michelet，1798—1874）：法国历史学家、文学家，罗兰·巴尔特著有《米什莱》（*Michelet*，Seuil，1954，1988）一书。

俱乐部还没有越过塞纳到马莱（Marais）一地安营扎寨。罗兰是花神咖啡馆的常客：一些小青年在对面的日耳曼杂货铺前向他跺脚示意。这条街道的后面是贝尔纳-帕里西街（Bernard Palissy），那里有一个很小的名叫勒-菲亚克（Le Fiacre）的酒吧，他总是在回家之前到那里喝上最后一杯。

这是否意味着罗兰是守在那里网罗伙伴呢？他常在夜里出来闲逛，这让人不由得这么去想。同时，他在《恋人絮语》一书中强烈倡导的多愁善感，这时也走调了。一方面与那些可望而不可及的心仪之人享受精神上的爱，另一方面又与拉客们享受肉体上的快感，他会不会就是一个这样的双面人呢？各种证明都指向一个结论：不论是与那些心仪者，还是与那些拉客，罗兰都是一位"仁慈的人"。他的一位伙伴肯定地说："不论从哪个方面来说，他从来都不与任何一个伙伴玩真的。在他看来，那等于是犯乱伦之罪。"

欺骗妈姆吗？从来不！正是他的"轻触"特征使乌埃勒街那帮人给他起绰号。他们当中的一个人说："他并不关心性行为。"尽管几乎每天晚上都出去，但他仍然拒绝性行为。

另一位证人以自己的方式肯定了罗兰的羞耻表现：

"他不会冒险像福柯那样死去。"福柯是在罗兰死后不久被艾滋病带走的第一人。可以肯定的是，罗兰不是一个疯狂的同性恋者。这是一个与弗朗索瓦有关的、有争议的话题，这位出版商在这种戒欲形式中看到了另一种阻滞符号。

实际上，这位老小孩拥有的是一种儿童式的欲望：他有着一种属于本我①方面的冲动。当然，妈姆不是不知道。在妈姆去世之后，罗兰曾经试图补回失去的时间。一位近友说："他睡得很晚。"他开始在塞尔旺多尼街接见一些青年人。一天下午，罗兰叫来了罗马里克——他是以半正式伴侣的身份出现的，罗兰请他一起吃晚饭。一位证人也在房间里，因而清楚地知道他们的会话持续了多久，而年轻人是被恳求说话的。在这位证人看来，为了使气氛融洽，罗兰使出了最后一招："如果你烦了，咱们就去划船！"

95　　这位证人心绪慌乱地离开了塞尔旺多尼街。这种神秘的话掩盖的是什么呢？后来，他了解到了这句话的意

---

① 本我：是弗洛伊德有关心理机制的第二理论体系中的一个阶段。"本我"构成人格的冲动极，从动力角度来看，它与"自我"和"超我"处于冲突之中。

思。"去划船"，在罗兰方面，就意味着与一个小伙子一起看电视；对于像阿布杜这样的人，他多少有点超出"去划船"；而对于像罗马里克这样的青年，他就仅限于"去划船"……

10   "鼓起来的轮胎"

　　这是 1978 年 2 月，是罗兰进入法兰西公学后的第二年。讲课主题是："中性"。在男性与女性之间，罗兰希望确定一种空间，即他的空间……但是，他能在他的听众面前表现出他的生活并没有受到破坏吗？过去他一直不能掩饰他的烦恼。现在他并不打算隐藏他的苦衷。他承认："在我于去年 5 月决定了这一课程内容与我必须准备这一课程之间，发生了一次严重的事件，即丧事。马上要谈论的中性的主体已不再是决定谈论这一主题时所确定的主体。"

　　正像他所解释的那样，"不能承受的事物就是压抑主体。我属于曾经过于忍受对于主体进行审查的那一代人。"他不喜欢 1968 年的红色 5 月，那是学生们对于现状不满的表现。但是，归根到底，他忠实于那些"疯狂人"的说法：

Les derniers jours de
Roland B.

"革命，就是我。"为了描述他所处的状态，他引用了纪德的一句话：他感觉自己成了"一个鼓起来的轮胎"。而且，他抱怨"社会规定服丧的方式。几周之后，社会又重新收回其权利，不再让人们服丧"。

妈姆的去世打乱了他的生活，永远地打乱了他的生活。他的朋友们认为他应该像社会学习那样翻开新的一页，但是他拒绝接受这个主张。他感觉到没有能力去那样做。他对他的近友们一再说："我在痛苦之中。"让-路易指出："他遗憾不能时常地在身上带有表明的服丧的符号，这种符号会让别人一下子就知道他的状态，并有可能保护他。"盎格鲁-撒克逊人在自己的汽车上贴着 Just married（新婚），罗兰也应该表明他是 Just orphan（新孤儿）。让-路易继续说："他本该去于尔特待上几个月"，以便降低这种不可压缩的痛苦……他面对公学的听众，抱怨说"给予服丧的权利太有限了"，他建议仿照怀孕假期，在"社会要求"里加上一种"服丧假期"。   98

在一段时间里，罗兰不知不觉地把精力放在了巴尔特家族方面。一位公学的教授同事观察到，"最后 5 年，他只谈论他自己"。在妈姆去世之后，"主体"不与"客体"相竞争；在此之前，两者已经共存一身。早在第一堂课开始的时候，罗兰就告诉大家："每一年，课程都是根据个人的一种幻觉进行的。"甚至在妈姆去世之前，当她被认定不可挽救的时候，罗兰就在讲台上提到自己的"沉闷的失望"。不管怎样，罗兰都忠实于他自己，他在这种表达方式上增加了一个源自希腊文的很有讲究的词：*akèdia*，即法文的 *acédie*（疏忽）——抑郁状态，心灵恍惚，懒散，悲痛，烦恼，无勇气。

在他荣耀鼎盛的时候，他就已经承认，自己的智力研究工作"单调，无目的，艰难而无用"。他早已断言，他对于自己的"生活方式"厌倦了："我甚至在早晨醒来，毫无希望地看着面前一周的安排。这种情况重复着，旋转着，相同的任务，相同的会见，却没有任何的精神投入，即便这种安排的每一部分都是可以忍受的，甚至是很不错的。"

99　　他在此之前开的课程是关于"共同生活"的，不过，那种课程也像是属于巴尔特家族的：长长的阴暗海滩上撒满透亮的有价值的东西。在"中性"中，"主体"是突出的，他说："非常明确地讲，我们正处在知识分子任务的健康解体阶段。"听众哗然。他们蜂拥进入法兰西公学，为的是看巴尔特、听巴尔特谈论巴尔特，他们要目睹罗兰的掌

Les derniers jours de Roland B.

控能力。"主体"也意识到了全体学生面对脱离"客体"所表现出的不适。1978年春天的一次上课伊始，他就引用了一位学生的一封便信，便信是"寄往蒙巴那斯火车站的，是用绿色圆珠笔写的"[①]，其形式是一封指控信："如果是这样，那您就应该离开，还我们以平静!"好在，这封便信还没有把"主体"说成是老糊涂。这封便信的意思很明确：既然您明显地没有处在思想大师的位置上，那您就放弃这一计划! 您去您母亲坟前号哭算了!

然而，他所开课程的成功是毋庸置疑的。面对只能以（如课程的出版商所说的）"智力热情、世人的好奇或时尚现象"来解释的听众云集的情况，公学为旁边的教室加上了音响，以便直接扩散罗兰的讲话。公学还采取了其他措施以避免堵塞：课程从周三调到了周六上午。在周末，人 *100* 们一般都会想干点别的事情，而不会来听一位学者闲扯未来……可是，努力还是失败了。公学总是张贴告示说人满了。

既然他的听众都是认真的，那么，为什么还要"还以平静"呢? 于是，罗兰继续提到妈姆。就这样，他说出这

---

① 西欧人忌讳红色与绿色，这里似乎表明了发信人对于收信人的鄙视。

样让人撕心裂肺的话："在我看来，上帝存在与否并不重要，但是，我所知道和坚持认为的是，他不应该同时创造了爱与死。中性，便是这种二者只能存其一的简约性。"就这样，"中性"便与对妈姆的爱混在了一起。

事实上，妈姆被用在了所有情况中。有一个周六，他通过品质形容词的定义来揭示"形容词的攻击性"："母亲，难道不是唯一不去给孩子定性并把孩子放进盈亏表中的人吗？"妈姆一直是那样地爱他……还有一次，他大声说："我要说傲慢是从什么时候开始的：它开始于当人们迫使某人吃东西而他并不饥饿的时刻。我痛苦地想起母亲在生病期间所受的罪，她并不饿，却要强迫自己吃饭。"

妈姆处处出现。当他援引波德莱尔的话的时候，他怀念与妈姆组成的一对。波德莱尔曾经说："由女人养大的男人完全不像其他男人……曾沐浴在女人的温柔气氛中，沐浴在她的手、她的乳房、她的膝盖、她的长发、她的柔软和飘逸的服饰之气味中的男人，已经颐养了一种细嫩的皮肤、一种异样的嗓音，从而成了一种两性人。"

"主体"出现在课程中，并不满足于热切地想到妈姆。罗兰自由地评说当前的时事。前年春天，知识界突然出现了一批"新哲学家"，如贝尔纳-亨利·莱维（BHL）、格鲁

101

Les derniers jours de Roland B.

克斯曼[①]及其一伙人，他们揭露前人对于专制主义的吹捧。罗兰作为审美与时尚的裁判，被牵扯了进去。贝尔纳-亨利·莱维曾在罗兰开课演讲之后于《新观察家》杂志上采访过他，因此他便赞同了贝尔纳-亨利·莱维的观点。

是真正地支持吗？还是按照罗兰自己的说法，是出于习惯并仅仅属于一种"策略上的做法"呢？他的朋友们倾向于第三种假设：滥用信任。这些朋友们既批判贝尔纳-亨利·莱维，又批判索莱尔斯，他们揭露了对一种私人关系的公开滥用：罗兰只给贝尔纳-亨利·莱维发过一封信，他在信中告诉对方他的书已经"写完"了。这是一种最低的赞许。但是，他的信迅速地在《文学消息》（*Les Nouvelles* *littéraires*）杂志上发表了。其作者是否同意了呢？贝尔纳-亨利·莱维肯定地说自己遵守了规则："我不会在没有他同意的情况下转交信件的。"然而其效果是显而易见的：罗兰被放进了"新哲学家"保护人之列。他的某些朋友对此非常恼火，这些朋友便是被那些破坏偶像的年轻人们当做靶子的人。

102

---

① 格鲁克斯曼（André Glucksmann, 1937— ）：法国哲学家、随笔作家。

特别是德勒兹。罗兰与这位反哲学的倡导者都喜欢舒曼的作品。埃利克回忆说："罗兰被德勒兹叫去吃午饭。在那里，他重新感觉自己像是面对某种政治局会议，该政治局会议要求他必须做出自我解释。"罗兰依靠阐述两种论据得以脱身。他首先谈了"反媒体的纯正主义"：像贝尔纳-亨利·莱维一样，他也参加过《书讯》节目；而且，仍然像贝尔纳-亨利·莱维一样，他毫不犹豫地喜欢文学批评家。埃利克又说，后来，罗兰认为"对马克思主义的批评，不应该再成为禁忌的对象"。

在法兰西公学，他又一次谈到了争论问题。不管他的那些朋友怎么说，他表现出了对于"新哲学家"的同情："有一点是难以忍受的：在他们之间，让人感受到的是猎犬和猎物的关系——为相互区别和不受坏的影响而不断地抗议：'我嘛，我可不是那样。'"他又补充道："作为人，这是同性恋的禁忌。"这是多么反常的一位老师啊：他一直不公开承认他是同性恋，却暗示到时候他会以同性恋身份做出反应；真不知道他是以什么名义来支持他少有的一位异性朋友的……罗伯-格里耶早就说他"虚伪"，这并非无的放矢。

在讲台上，"主体"表现得非常自由，他甚至毫不犹豫

Les derniers jours de
Roland B.

地进行中国式的猜谜游戏！他就是这样，但愿他不会惹怒那位用绿圆珠笔写便信的人——此人会不会是一位运动员呢？他想了很多。他以再次引用纪德的话来摆脱想象："我像如履薄冰之人。"那个人会不会是一种食物呢？比如说米饭，"既不乏味也不好吃，既无颜色也非无色"。他是否是一只动物呢？比如说一头驴！这一次，罗兰援引了莱昂·布卢瓦①的话："驴的眼睛给人以无限悲凉和甜蜜的柔美感觉。"自我描绘美化不了傲慢，也不能美化过度的乐观主义。这位受人崇拜的大师，只不过是正在融冰上滑走的一头驴。

在另一次周六的讲课中，他脱口而出："我对我的糊涂有着清醒的、毫不含糊的意识。"如果喧哗声代替了许多听众的失望的话，还有什么可惊讶呢？这一课并没有出现这种情况，它在心理主义之中消失了。这些预言不值得一位思想大师去谈论。他自愿承担并揭示出一种"大男子主义的文明"，在这种文明中，每个人都在建立一个"不会表现出其惧怕的荣誉点。我自己，不会表现出我的惧怕：我似

104

---

① 莱昂·布卢瓦（Léon Bloy，1846—1917）：法国小说家、随笔作家。

乎是平静的"。这是纯粹的乔装打扮！他又引用霍布斯①的话："我一生中唯一的激情，是害怕。"他决心不再骗人。这只是因为他做不到假装毫不惧怕："也许，人们对尚未写作的小说怀有一种固执的幻觉，这种幻觉中包含着这一点：既然没有外壳，就可以妄想占有一种空间，而在这个空间中，夸张将不再是不可告人的。"

他冒着被说成肆无忌惮的风险，同意把自己暴露出来。他不再是一个受到衰老威胁的孤儿："问题不在于变老，而在于有活力地进入老年。"他肯定不会生机勃勃地进入老年。

---

① 霍布斯（Thomas Hobbes，1588—1679）：英国哲学家。

Les derniers jours de Roland B.

11   在摩洛哥产生的想法

啊，摩洛哥！如果有一个法国之外的国家被罗兰所喜　　105
欢，那就是摩洛哥。这是因为，他在那里可以毫无障碍地
过他的私密生活。在那里，当他的身体不适的时候，他不
会被抛弃。还有一个国家，也是他私密生活愉快的地方：
日本。像在摩洛哥一样，在日本，他在年轻人与老年人之
间感觉不到无形的障碍，这种障碍让他对法国大为失望。
相反，他不大喜欢中国，他在70年代中期曾与一组法国知
识分子去过一次中国。他在北京的街道里哀叹道："他们的
性欲表现在什么地方呢？"在登上回程飞机的时候，他凑近
他的出版商朋友弗朗索瓦的耳朵，小声说："太好了！"他
只喜欢法语——他的母语——而不大喜欢外国语学，因为　　106

他是根据他的力比多①排列其他国家的。

在摩洛哥，他是否就像那几位著名的先驱一样放任自己的恋童癖呢？罗兰喜欢按照安德列·纪德的做法行事——他在疗养院中曾大量阅读过纪德的作品，他也像纪德一样是新教徒。而且，在丹吉尔（Tanger）或其他地方与他胡搞乱来的几个摩洛哥小伙子，大概都比他在巴黎的小伙子更年轻。他的朋友们都肯定地说，在他寻找的小伙子中，他更迷恋于青春年少者，但从来不是儿童。

在摩洛哥，他曾朝着所有的方向走了走，他在各处都找到了能唤起感觉的事物。有一天，他让几位同事看他在南部古里米纳（Goulimine）拍摄的骆驼照片。他的一位对话者说："照片有点模糊。"罗兰微笑着说："说真的，我尤其对赶骆驼的人感到激动。"70年代之初，他甚至与妈姆一起在摩洛哥生活过一段时间，为的是躲避1968年后的动荡。

他的这些情况大家都知道，因为他曾在几周内写成了一部日记，日记里总是谈性的问题：对于他来讲，海外的一个国家，首先是他玩耍的一个新花园。这本日记可以取名为：

---

① 力比多（libido）：精神分析学术语，即性冲动之能量。

Les derniers jours de Roland B.

《德里斯、穆斯塔法、阿布德拉蒂夫及他人》（*Driss，Musta-fa，Abdelatif et les autres*）。由于记录简短，罗兰便重新梳理被他诱惑的人："德里斯并不知道精液就是精液，他称精液为废物。'注意，废物要出来了。'这比什么都更令人头疼。""穆斯塔法非常喜欢他的鸭舌帽。'我的鸭舌帽，我喜欢。'他不肯在没有鸭舌帽的情况下做爱。""阿布德拉蒂夫非常追求享乐，他坚决为巴格达的绞刑辩护。"——这是萨达姆·侯赛因血腥疯狂的首要标志——"他滔滔不绝地阐述他的复仇教理，这个过程中我呆滞地握住他随意摆弄的双手，这两者之间存在着矛盾。"

1978年春天，罗兰在复活节休假期间到了卡萨布兰卡（Casablanca）。4月15日下午，天气沉闷，浓云密布。他与几个朋友一起开车前往瀑布，从那里去拉巴特路上的一道绿色山谷。几个月后，他讲述说："自从妈姆去世之后，悲痛和某种烦恼一直没有间断，而且与我所做的一切都有关系。"在返回他所喜爱的摩洛哥的时候，也许，他希望结束自妈姆去世以来所表现出来的伤感。他的回想甚至进入睡梦中："我常常梦到她，我只梦到她。"

回到卡萨布兰卡，他更为难受："房间是空的，下午是难熬的时刻。"他总是在下午感到"难熬"。上午，他工作，

108

11　在摩洛哥产生的想法　　*99*

有的时候，是愉快地工作：没有任何东西比有一支"好笔"更令他高兴。晚上，他与几个朋友见面，为的是享用"魅力晚餐"，随后他去猎艳。而下午，他则总是到处闲逛。他越来越多地闲逛，"一个人，悲伤，无所事事"。

作为他在于尔特的朋友，L医生回想起，在妈姆去世之后，这句话经常回到他的嘴边："您好吗？——我老泡在一个地方。"罗兰曾在《世界报》上提到过这种"痛苦的懒散形式"，同时明确指出："我是按照把这种形式称作'无所事事'的福楼拜的意义来使用它的。它意味着在一段时间里上床后，'无所事事'，什么都不做，思维停滞了，意志消沉，精神不振……'无所事事，我经常有，经常有'。"

与罗马里克在一起的时候，他"划船"。一些与水有关的隐喻说明，他是多么缺少母爱。幸运的是，通常情况下，他最终还是重鼓勇气。在卡萨布兰卡，在空空的公寓房里，他突然"产生一种想法"："让某种东西——比如一种文学转换——进入文学，进入写作，就像我从未做过的那样去写，而且只做这些。"一段时间以来，他很想写小说。这一次，他会"越过这一步"，停止其他所有的事情。在卡萨布兰卡，他产生了"离开法兰西公学的想法：因为讲课经常与生活发生冲突"。他在高等实用研究院时是那样快乐，对

Les derniers jours de Roland B.

法兰西公学却是怨言不断：他越来越感觉不到快乐。甚至公学所在地也使他无法忍受。下课后，当一位朋友来接他的时候，他们总是去圣日耳曼大街。他郑重其事地说，在圣米歇尔街，"没有餐馆"。

但是，罗兰并不是容易让关系破裂的人。放弃公学，那就是承认失败。在卡萨布兰卡，他产生了一种更为细腻的想法："把授课与工作投入到同一项事业中。"他要让法兰西公学服务于他的目标：进入文学。1979年和1980年，在两年当中——这也是他生命的最后两年，他的课程名称是："小说的准备"。

自然，他是把这种想法按照巴尔特的想法来表述的：那就是"不再区分主体，而服务于一个计划，大计划"。他带回了在摩洛哥产生的想法，而且这个想法也逐渐地清晰 *110* 起来："如果我为自己确定一项单一的任务，比如在应该做的工作（讲课，申请，预订，限制）之后不需要再长舒一口气，而是在今后生命的任何时刻都从事属于大计划的一种工作的话，那该是多么快乐的情景。"他突然满腔热情下结论说："今天是4月15日，是一种醒悟、一种惊叹。"

如何把一个沉重的事件——妈姆的去世——变为一种再生的动力呢？这是他认为自己在卡萨布兰卡找到的东西。

他将进入一种新的生活，而与常规生活决裂。他将要写作的小说计划甚至被称为"新生活"（Vita nova）。他后来在讲台上解释说："对于一位感受到写作之快乐的人来说，他只有在发现了一种新的写作实践的时候，才具有新生活。"

"4月15日的决定"使他非常高兴，更何况他获得了新的声望，比如频频出现在电视节目上，这使他倍感压力。虽然他的声望为他带来了财务上的宽裕，他还是在朋友们面前叫苦不迭。因为，这种声望也带来了新的烦恼：他总是被人追求。从那以后，人们甚至在大街上接近他。作为出版界朋友的弗朗索瓦回忆道，他有一次在圣日耳曼-德普雷大街一家叫"王家大道"①的中餐馆与他的伴侣塞维罗和罗兰一起吃晚饭。这次晚饭很成功：塞维罗是少有的以他的怪癖使罗兰开心的人。出门后，三个人还继续兴高采烈地闲聊。这时，一位素昧平生的人叫住了罗兰。弗朗索瓦记得他们的谈话短促而有礼貌。但是，罗兰还是不能接受。当他回到朋友们中间时，脸色发白，说那是一个"倒霉的夜晚"，说他得马上回家：他为不能再在他的地盘散步而懊恼。那些"讨厌之人"到处都是。

---

① 王家大道（Route Mandarine）：据译者所知，这应该是一家越南餐馆。

Les derniers jours de Roland B.

在他看来，《恋人絮语》的成功似乎最终是含糊的。首先，他被人所热捧，人们说这本书大约卖出了 10 万册。但是，思考一下，他认为这种热捧是建立在一种误解基础上的：人们后来把他当成了一位轻浮的作者、一位故作风雅的专家。直到去世之前，他始终在两种态度之间摇摆：一是借助于写出尖端著述，如他想在索莱尔斯的陪同下写出《不宽容表现词典》（*Dictionnaire des intolérances*），来重新找到他真正的读者，他的读者应该是几十年来一直跟随着他的博学读者；第二种态度与第一种态度恰恰相反，即像他在法兰西公学讲台上高声宣讲的那样，直接过渡到小说，甚至过渡到古典小说，而不顾其读者比《恋人絮语》的读者还要宽泛的风险。

12　马尔萨：大使官邸

112　　　离开摩洛哥后，罗兰去了突尼斯。罗兰与这两个国家的关系是很不同的：去摩洛哥，他习惯于如此；而他常去突尼斯则是在生命接近尾声时，那时候他在蒙泰涅中学的一位老朋友菲利普出任驻突尼斯大使。他第一次去突尼斯，是在妈姆去世之前，与尤瑟夫（他就是突尼斯人）、让-路易和安德列·泰希内一起去的——他向他的这位老同学解释说："你要理解，这可是我的第二个家。"

　　菲利普知道罗兰的情况。第二次世界大战之后他在罗马尼亚担任过外交官，当时，他任命罗兰为布加勒斯特法国学院图书馆管理员。这位管理员在亲法的罗马尼亚人方113面做了许多出色的工作，他组织过许多报告会，尤其是有关从伊夫·蒙当①到伊迪斯·皮雅芙②的法国歌曲的报告会。自然，这位管理员由他的妈姆陪同，这时的妈姆因弟弟去服兵役而有了空闲。但是，这位管理员已经开始从事他的夜游生活了，菲利普叙述道："我当时很担心罗兰被罗马尼亚警察抓住。"

1978年春天，两位朋友一起动身去突尼斯。菲利普记得那是一次艰难的旅行："在奥利机场，由于罢工，飞机晚点了。我们不得不在候机厅里耐心等了好几个小时。"相对于大使，罗兰保持着一种镇静，这大概是因为他总是把航空旅行看作是倒霉时刻。他曾在《中国行日记》中这样写道："等飞机起飞，这意味着，要耐心等待，一动也不动。还是不旅行好。"他对飞机上的饭菜也不满意："鲜汁小牛肉，淡灰色加脂米饭——有两颗米粒正好掉在了我的新裤子上。"③ 到了突尼斯，又在机场上好一阵纠缠：罗兰的行李箱找不到了，而箱子里有他的好几部手稿。菲利普急得要命，可是罗兰却装作满不在乎："没什么了不

---

① 伊夫·蒙当（Yves Montand，1921—1991）：祖籍为意大利的法国歌唱家。

② 伊迪斯·皮雅芙（Edith Piaf，1915—1963）：法国歌唱家。

③ 这里说的是罗兰在奥利机场等待去中国的"法航"飞机和登上飞机后途中用餐的情况。

起的。"

114　　在突尼斯逗留时没有发生什么大事。在那里，罗兰特别喜欢两个地方：首先是大使官邸——马尔萨，那是一处豪华的建筑，四周是美丽的花园，脚下则是大海；其次是这栋豪华建筑对面的 TGM，那是连接突尼斯城与海的一种有轨电车，这使他想起了童年时看到的连接巴约纳与比亚里兹的有轨电车。菲利普说："他非常喜欢乘坐这种电车去买东西。有一天，他对我说：'你不会相信，有人在电车里引诱我。'"有一辆电车名字就叫：欲望。

两位朋友长时间地在使馆的花园里散步。罗兰谈论着"成功之傲气"。菲利普说："对于声望，他是为他的母亲而寻求的。他认为这会让她高兴。可是现在，母亲已经不在身边了，他把一切都看作是无意义的了。"像在巴黎一样，他抱怨那些"讨厌之人"，他们纠缠他，包括给他打电话："他告诉我，他曾要求把他的名字放在红色名单①当中。"

几个星期前在卡萨布兰卡，他决定完全投身到小说创

---

① 这是电话局一项付费的特殊业务，一旦办理了相关手续，用户电话号码就不再对外公布。

Les derniers jours de Roland B.

作中去。但是，他的决心还不是十分确定。在突尼斯，在他的朋友面前，他说的是另一种话："我不想再写任何东西了，我已经没有了想法；我只想完成大学里的事情，我不想为广大读者再写什么书了。"

俗话说："要想活得快乐，就得隐蔽地生活。"罗兰对于出名的感觉不是那么好：包括在书籍销售方面的成绩和他登上法兰西公学的讲台。妈姆离开了，他梦想着回到起点。他很早就愿意当一位被很小一批陶醉的学生所崇拜的教授。他曾经梦想成为可以被一个有限的内行读者群破译的随笔作家。他鄙弃成为人们只是出于好奇才来教室看一看的明星，鄙弃成为被那些盲从的读者漫不经心地翻阅的畅销书作者。这样一来需要付出的代价是高昂的。索莱尔斯写道："他想被人喜欢，这是肯定的，但是不需要同时伴随着怨恨。"

他的弟子之一埃利克，在最近的一本书中提供了纠缠着《恋人絮语》作者的这种"觉察不出的"怨恨的例子。他与罗兰在皇宫酒吧里不紧不忙地喝酒。一位五十岁左右的男人向罗兰索要手迹，而罗兰已经表示出不喜欢被人打扰了。但是，这位素昧平生的男人立即展示出上面收集有其签名的那一页，同时叫喊着："我这里有令人讨厌的罗

兰·巴尔特的签名，我这里有……"埃利克与一位侍者不

得不把这位激动者撵走。当他回来时，他发现罗兰已经瘫在沙发里了。

罗兰与他当大使的朋友的长久友情说明，他忠实于他的青年时代。罗兰始终与这位老同学保持着联系，他们一起准备报考巴黎高等师范学院，但罗兰由于肺部患病而放弃。这位大使了解罗兰的一切，当然，包括他对妈姆的感情。罗兰与弟弟之间关系复杂，他使弟弟失去了日常生活中的父亲，而弟弟经常下意识地借助于多种要求来进行报复："对于罗兰来说，这是一种负担，而且不单单是经济方面的负担。"弟弟的生父所代表的是威胁，"一种负面形象"。罗兰青少年时代经历过一些困难："他那时确实是很穷的。"他在文学上有许多梦想。菲利普对于他的朋友罗兰是非常忠实的，因为他感觉自己有着一种未尽的责任。

1978年春末，罗兰去了英国，为的是当演员。这是出于何种原因呢？那是因为尼古拉-乌埃勒街那帮人中的主将安德列-泰希内拍摄《勃朗特姐妹》（*Les Soeurs Brontë*）。除了伊莎贝尔·阿贾尼、伊莎贝尔·于佩尔（Isabelle Huppert）和玛丽-法朗士·皮西耶这些明星之外，其他乌埃勒街的人也都出演了一些配角和小角色，例如尤瑟夫。

Les derniers jours de
Roland B.

泰希内在提议罗兰出演一个角色之前，曾经寻找一位专业演员来扮演出版商尤金·萨克雷（Eugene Thackeray）。罗兰听从安排，同时也希望放松一下。

但是他很快就没有兴趣了：利兹（Leeds）时常下雨，拍摄工作经常中断。罗兰发现，拍电影很像坐飞机：在发动机开动之前，"要耐心等待"。拍摄他的戏份的日子一拖再拖，他的外套也找不着了。他拒绝戴假发，生怕留下笑柄：一位法兰西公学的教授竟然粉墨登场！由于怯场，他记不住唯一有他的那场戏的台词，在那场戏中，他仅仅是露一露脸。泰希内叙述说："当时应该把台词写在黑板上，由他来读。"更准确地讲，是阿诺内（Anonné）这样说的。玛丽-法朗士·皮西耶当时给他拿着台词，同时努力使他平静下来，她后来回忆道："他在每个单词上都出错。他随后对我说，这是他平生以来最为困难的事情。"

幸运的是，他的周围都是朋友。最后一个晚上，吃晚饭的时候，他向服装师表示祝贺，他很熟悉作为泰希内近友的这位服装师："你细致地为大家安排了服装，你为我搭配的服饰非常合适。现在，由我来为你装扮。"说罢，他立即把圣罗朗（Saint-Laurent）牌的带有苏格兰绿、黄、黑三色条纹的羊毛披肩送给了服装师。这位服装师一直保存着这件他与玛丽-法朗士·皮西耶共享的珍贵纪念物，后者虽是演员，但在那一夜参与了分镜头的工作。

罗兰在他的苦恼与朋友们的热情之间前行。夏天的时候，他与弟弟和弟媳拉歇尔回到了于尔特。妈姆第一次不再是家庭的灵魂。然而她的影子仍然在附近墓地上空飘荡着。前一年，她非常虚弱；今年，则是罗兰总在抱怨。他对一位近友说："她一直在生病：她的身体是她与他人谈论的唯一话题。"每天晚上，面对电视机，她做出别人必须接受的决定。这位近友叹息道："罗兰不得不与她一起看路易·德·菲内斯①的影片，什么都不说。"

没过多久，拉歇尔必须返回巴黎去接受手术。罗兰在写给 L 医生的信中说："我们是急急忙忙地离开的。"他以此对没有去向他告别表示歉意。他没有尖刻指责什么，而是承受了这些小小的不愉快：他与弟弟的关系已经恢复正常。妈姆的去世拉近了他们之间的距离。他像对待他的年轻朋友那样对待弟弟，充当了母亲那样的保护者。他向躺在病床上的妈姆承诺继续照顾弟弟。他认真地遵守了诺言。

---

① 路易·德·菲内斯（Louis de Funès，其全名为 Louis Germain David de Funès de Galarza，1914—1983）：二战后法国著名的喜剧电影演员。

Les derniers jours de
Roland B.

13 帕拉斯剧院的幽灵

1979 年 12 月，罗兰以场地老熟人的身份，出席塞尔
日·甘斯布在帕拉斯剧院的首次演唱会。自这家神秘的巴
黎夜总会于 1978 年春天开张以来，他经常光顾。原因很
简单：他已经是"7 号"餐馆的常客，那是由帕拉斯剧院
的创办者法布里斯·埃马尔①在圣安娜街（Sainte-Anne）
开的一家同性恋餐馆。他随他的这位朋友变动，到处主动
称赞法布里斯："多亏了法布里斯的人格，帕拉斯剧院将
一直保持着对于其他竞争者的优势。"弟子埃利克回忆道，
罗兰"经常以一种父辈的口气叫他'法布里斯'，就好像

---

① 法布里斯·埃马尔（Fabrice Emaer, 1935—1983）：20 世纪 70 年代法
国著名的"巴黎之夜"人物，除创办帕拉斯剧院夜总会外，他还在圣安娜街 7
号开了一家名为"7 号"（Sept）的同性恋餐馆。

人们在谈论一位成功的年轻的侄子那样：他很早就认识了他，那时，他还是个小青年"。在法布里斯的要求下，罗兰甚至同意与他一起乘火车带着他整个巴黎的重要演员去诺曼底，在卡布尔镇（Cabourg）开办短期的帕拉斯剧院。的确，他生命的最后时刻带有普鲁斯特的影子，因为《追忆似水年华》的这位作者也经常前往火车站"大旅馆"。

这位时尚典范经常出入首都的时髦场所，这并不是令人惊讶的事情。在于尔特，他又一次明确地说他不关心现代性。而在巴黎，他一直是"时髦的"知识分子。他的朋友法布里斯是以各个领域的明星的光顾为基础建立起帕拉斯剧院的声望的。尽管妈姆的去世为罗兰带来了难以忍受的哀痛，但他愿意成为他们中的一员，因为他已不再像从前那样鄙视寻欢作乐：他通常去得比较晚——今后他不再需要表现出受到什么限制了——帕拉斯剧院当然首先是一个聚会的场所。

法布里斯做出请进的姿势，恭维罗兰的到来，他叫罗兰为"我的哲学家"，并且每当罗兰离开时，他都说"不久见"，话音中带着一点夸张。有一天，罗兰对别人说："他

Les derniers jours de
Roland B.

以过分的崇拜来折服我，就像其他人借助过分耗费您的精力来战胜您一样。"今天，这已成为一种习俗：为了推出一个场所，它的管理人会叫来许多人。法布里斯·埃马尔先于所有人懂得了这一点。"7 号"餐馆是一家很小的餐馆，上面还有一个寒酸的小夜总会，它已经被当时的明星们所光顾，从鲁道夫·纳雷耶夫①，到埃尔米·贝尔热②，再到雅克·沙佐③。尽管罗兰不喜欢右岸④，他还是常与乌埃勒街那帮人来这里吃晚饭。泰希内回忆说，1974 年 4 月的一天晚上，他们一起在"7 号"吃饭，这时，法布里斯走到他们的桌子前，脸色沉重："我必须告诉你们，总统去世了。"这位电影导演说："罗兰被这一消息所震惊。"罗兰一直坚持给左派投票，但他尊重这位巴黎高等师范学院的毕业生，他就是乔治·蓬皮杜。

罗兰在妈姆去世之后自感衰老加快，他便很看重被推入巴黎最时髦的夜总会的带头人之列，甚至以新闻发言人的身份自居。他不需要强迫自己，诚恳地讲，他喜欢这种

---

① 鲁道夫·纳雷耶夫 (Rudolf Noureïev, 1938—1993)：奥地利舞蹈家。
② 埃尔米·贝尔热 (Helmut Berger, 1944—   )：奥地利电影演员。
③ 雅克·沙佐 (Jacques Chazot, 1928—1993)：法国舞蹈家。
④ 指巴黎市区的塞纳河右岸，其左岸为过去叫做"拉丁区"的文化区。

"被救活的剧院"，因为它完全符合当今的审美追求。他在《时尚男士》（*Vogue Hommes*）杂志上说："我感觉良好，我在里面发现了建筑学真正的古老能力，这种能力在于共同美化走动着的、舞蹈着的和使空间与建筑物一起活跃的人的身体。"古老的舞台帷幕吸引着他："我在阅读带有法国航线形象的一则广告：勒·阿弗尔-普利茅斯-纽约①。奇怪的是，在这种场所的链条中，却是普里茅斯使我梦萦魂牵：是不是中间有着浪漫的神话呢？"

每一次转折的时候，他都承认情绪混乱："我总是激动：新上一个台阶，前面一片开阔，有阳光，也有阴影，俨然一位内行人突然进入神圣的表演之中，尤其是当演出如在这里那样是在教室里进行的时候。"每当提及帕拉斯剧院的时候，他都大加赞美，这样做并不仅仅是为法布里斯捧场："人们可以根据自己的兴趣换地方，这是在其他剧院里所没有的自由。在那些剧院里，每个人都被圈在了一个位置上，那便是象征他的财产多少的位置。在每一个我现身的位置，我都高兴地感觉到我占据了某种上等的包厢，

---

① 勒·阿弗尔-普利茅斯-纽约（Le Havre-Plymouth-New York）：这是一幅关于跨大西洋旅游的宣传广告画，尺寸为 70 cm×100 cm。

Les derniers jours de
Roland B.

在那里，我控制着所有的游戏。"

他甚至善意地想到，普鲁斯特也该喜欢这种"美妙的剧场"吧。"我不知道：这里没有公爵夫人。然而，我从高处俯视帕拉斯剧院，正厅晃动着五颜六色的光束、舞动着无数身影，年轻人在我周围的座位和楼上的包厢中忙来忙去。我猜测着他们忙碌的原因，觉得再一次看到了在普鲁斯特作品中读到的已经变成现实的某种东西：今晚在歌剧院，在大厅与楼下的包厢，在一位年轻的叙述者眼中，那里构成了一处水域，水中柔和地闪耀着羽饰、目光、珠宝、面孔和按照海神的举动构想的动作——在诸海神中间，盖尔芒特公爵夫人威严地端坐着。总之，这只不过是一种隐喻，它远远地游弋在我的记忆里，又以一种最后的魅力来美化帕拉斯剧院：这种魅力便是文化的虚构物之魅力。"

对于帕拉斯剧院的这些颂辞震响在他的整个作品里，甚至也出现在他的生活中。他不是一个容易产生热情的人。在他还处于十分哀痛的情况下，如何解释他竟热衷于——这个词并不过分——一个如此阔绰、如此开放、如此人声鼎沸的场所呢？要知道，他过去一直害怕人多。一位与罗兰同样爱好创造新词的语言学家说："他是一位 ochlo-phobe①。"在此之前，他经常去一些小夜总会，如圣日耳曼-德普雷街的"云霓夜总会"（Nuage）、克里希（Clichy）的"乖兔夜总会"（Lapin agile），或者是隆瑞莫市（Longjumeau）的第 20 号国家公路上的"葫蒜夜总会"（Rocambole）。他越是夜出，就越是忘掉异性，进而越是鄙视人群混合。然而，他喜欢帕拉斯剧院，因为这里不是一个"与世隔绝的地方，既不是社会之地，也不是性欲之地"，而是一处"巴黎的和大众的、异性的和同性的"场所，而这个场所"自己满足于自己"。

使他快乐的东西，是他周围的集体舞动的身体。那些阿拉伯店铺的老板们都不断地说它"赏心悦目"，他们这样说，是为了吸引老主顾不抛弃马格里布②市场。"在帕拉斯剧院，整个剧场都是舞台……我不必跳舞就能与这个地方建立起一种有活力的关系。我独自一人，或只需待在一旁，就可以'梦想'。"下午在尤瑟夫和让-路易家里，罗兰也多是观众，而非演员。他甚至有时感觉无法忍受。而在帕拉

---

① 是一个新创词，意指"害怕人群的人"。

② 马格里布（Maghreb）：原指北非的突尼斯、阿尔及利亚和摩洛哥三国所在地区，在这里，指巴黎的阿拉伯人居住区。

斯剧院，他可以表现得像是职业的好奇者，无须妨碍任何人，也不会破坏整个欢快气氛。

他总是烦恼，可是最终总能在各处找到一个他真心喜欢的空间。作为场所的真正幽灵，罗兰在帕拉斯剧院度过的那些夜晚使他目不暇接。就像人们常说的那样，他可大饱了眼福。应该说，他的朋友法布里斯成功地做了完全是巴尔特式的一个总结："帕拉斯剧院在一个特殊的地方，汇聚了通常是分散的一些娱乐。整体的感觉机制在于使人在夜间感受快乐……"夜间，快乐……白天，他出现在法兰西公学的听众面前，像是一位因妈姆去世而惊慌失措、"乱了套数"的人；夜晚，他得以消愁解闷，甚至拿掉压在肩膀上的沉重披肩。他每一次去帕拉斯剧院，都希望在陶醉之后出现奇遇。索莱尔斯说："他在梦想着断裂、梦想着要写的书、梦想着一切重新开始的同时，又只想着这种东西：这是他颓废的开始，这种颓废突然加快了。" *125*

因此总是有着两位巴尔特：一位是白天的，一位是夜间的；一位是思想大师，一位是捕猎者。在妈姆去世之后，两者之间的鸿沟更大了：第一位巴尔特寻觅忧愁，第二位巴尔特尽力躲避忧愁；第一位铺展他的"鳏夫"状态，第二位梦想着组织行会。尽管遭到越来越多的拒绝，尽管越来越多地求助于"拉客",他还是相信自己会摆脱孤独。

他在组织日后的生活。他的朋友们也高兴地看到他"占有了地盘"——他在塞尔旺多尼街的家。过去三十多年中他一直保留着七楼的办公室,妈姆去世之后,他考虑重新占有它,并将其改为自己的卧室:他从来没有喜欢过三楼的房间。由于感到爬楼越来越困难,他只好放弃这一计划。于是,他便在三楼即过去是妈姆的卧室里安排了自己的办公室。

这一决定具有双重意义。它表明,不管怎样,他决心翻开新的一页,即不把妈姆的房间变成一处陵墓。他只保留了一件家具(一把椅子),把它放在了自己的房间里,紧挨着他的床。但是同时,这种合乎逻辑的决定——因为那间屋子是闲置的——也带有许许多多的象征。今后,他将在妈姆去世的房间(是那间明亮的房间吗?)里写作。罗兰为自己设置了陷阱。在60多年中,他分享了她的生活。今后,他将分享她的故去。没有任何人会唾弃坟墓,罗兰将妈姆的房间变成了他的工作之地。尤瑟夫叹息道:"有些哀痛并不表现为哀痛。"

Les derniers jours de
Roland B.

14 普鲁斯特与我

　　还是做些具体的工作吧。春天，在卡萨布兰卡，罗兰 *127*
决定利用他在法兰西公学的课程来实现他的梦想：写小说。
秋天，从一开始讲课，他就明确地说："我把自己放在一位
做某件事的人的位置上，而不再是放在只谈论某件事的人
的位置上。"他像是透露秘密似的说："我必须选定我的最
后生活，也就是我的新生活。我必须摆脱过分重复的工作
和哀痛为我带来的阴郁状态。"

　　这"也许是有点晚的时刻"，在这一时刻，他身上突然
出现了"想巨大改变的欲望：改变生活，即断裂与开启"。
在70年代，在1968年5月的人群中，人们都想"改变生
活"。也是社会党人的标语口号，也是左派雄心勃勃的共同 *128*
纲领。罗兰也为自己确定了相同的计划：因循守旧的人想

避开因循守旧……

为了实现这一计划，他为自己找了一位典范：普鲁斯特。他的第一课就名为"长久以来，我早早入睡"，这是《追忆似水年华》一书的第一句。也许，在这一点上需要打个问号，因为他此后会由于流连于帕拉斯剧院而很晚才睡觉。他一开始就明确："这便是普鲁斯特与我。多么大的野心呀！"他又补充说："我不是在做比较，而是要与之同一。"这种同一化的愿望，尽管后来变成强迫性的，但也是合乎逻辑的：《追忆似水年华》的作者在死去之前，只是写了一些草稿、一些片段，罗兰又何尝不是如此……"普鲁斯特度过了一段困难的但同时也是无结果的焦躁不安的时期：他想写出一部著作，但到底是什么著作呢？"

同一化全面展开。一年以来，罗兰不堪重负。在普鲁斯特那里，这句话延续了四年："他一直在寻求可以收集痛苦和超越痛苦的一种形式（他刚刚了解到这种形式，这种形式因母亲去世而成为绝对的）。"为什么妈姆的去世这种"绝对的痛苦"不可以在他身上引起所期待的新的开始呢？"对于我来说，一种严重的哀痛，一种唯一的哀痛，甚至是不可逆转的哀痛，可以构成普鲁斯特所说的这种'个人的高峰'：尽管来迟了，但这种哀痛是我生活的中心。"罗兰

129

Les derniers jours de Roland B.

在这一课中，曾两次使用"来迟了"。同一化不可能是完整的。1909年，当普鲁斯特投入《追忆似水年华》写作的时候，他已经38岁了。罗兰则马上就要63岁了："我可以活着的剩下的时间，永远不会是我实际活过的时间的一半。"于是，他便开始了与时间的赛跑：他能否活得长久，从而按照预期来进行这种改行呢？"有时候，可活的日子是有数的了：知道自己要死了，感觉到自己要死了。"

进入文学，便意味着完全置于妈姆的符号之下：她的去世就像是启发之源泉，叙述她的去世就像身处作品的核心。面对他的听众，罗兰表述了他的两个典范。一个典范是《战争与和平》一书中的波尔贡斯基（Bolkonski）亲王之死："他最后告诉女儿玛丽的话，是温情的爆炸，在垂死的阶段，这种温情使两个相互爱慕却从未表达过爱慕（都是废话）的人非常伤心。"在妈姆与他之间从来没有过什么废话。这意味着难以用语言表达。

另一个典范，当然就在《追忆似水年华》之中，也就是祖母之死。"这是一种绝对纯粹的叙述；痛苦不是评论出来的，突如其来和永远分开的死亡之残忍只是通过间接事件来表达的：可怜的脑袋在弗朗索瓦丝的梳子下面摆动着……"超越死亡之残忍……这是他希望进行的一种非常

130

明确的寻找：寻找失去的母亲。他想描绘"真实的时刻"。面对听众，他表现得非常感人："是内心在自我说话，是内心在使人听到它的叫喊。"是他的叫喊吗？他当然是在喊妈姆！

在这之外，罗兰想"说一说他所喜爱的那些人。证明他们生活过，更准确地说是毫无意义地忍受过痛苦；通过权威的写作来表明这些死去之人——托尔斯泰和普鲁斯特——不会落入历史的虚无之中"。罗兰照顾妈姆直至她故去，当然他做的不仅仅是这些。当提及朋友们时，他不再"隐瞒他的爱慕"，他瞄准"情感真实，而不是观念真实"。他对于智力上的争辩和争辩的组成内容——傲慢——已经感到疲倦了。巴尔特最终让位于罗兰。

于是，这一次关于普鲁斯特经验的课程叫做"小说的准备"。法兰西公学的听众被视为这一研究的观众。每周六的约会，只不过是混杂有文学参照内容的一种隐情续接。

_131_ 蒙田①成了"他的著述的素材"，罗兰成了他的课程的素材。既然人们期待着属于他的演出，他就变成了节目。无疑，

---

① 蒙田（Michel de Montaigne，1533—1592）：法国随笔作家，代表作为《随笔》（_Les Essais_）。

他需要过渡到"我"这一人称，为的是躲避面对拥挤着来听课的人群会重新泛起的那种孤独感。他对弟子们小声说："这些听众很讨厌。"他的出版商朋友弗朗索瓦叙述道："福柯有着相同的感觉：他觉得似乎没有了学生，他成了舞台上唯一的人。"

不可思议的是罗兰最终把那些批评转向了巴尔特的时刻。1978年秋天，有两本书不怀好意地讥笑了罗兰。在《被足够解码》（*Assez décodé*）一书中，一位获得大学教师资格的人，也是高等师范学院的老毕业生和索邦大学的文学助教（罗兰欠缺这种学历），抱怨负担过重："我们需要经常地去写一位叫罗兰·巴尔特的人（真叫人烦透了），他似乎应该是'我们时代的学究人物'丛书的第一名。因为今天，在借助于巧妙地混合南腔北调与无聊之谈来糊弄傻瓜的艺术中，大师级的人物无可争辩地就是罗兰·巴尔特。"后面的话与此如出一辙："不论是一位思想如此艰涩难懂的人被看作我们时代的一盏灯塔，还是先锋派选定一位思想如此难以琢磨的人来做其领路人，都表明，已经没有任何东西可以更好地说明批评精神之当前危机了。"

罗兰就这样被视为是蠢材之王，被指责为不乏"荒诞想法"的"散播废话的人、经营无聊之谈的人"。对照起来，第二部著述似乎宽容了一些。那是一部仿作，书名为《毫不费力的罗兰·巴尔特》（*Le Roland Barthes sans peine*）。两位作者打定主意教给他们的读者一种神秘的语言，"这种语言25年前以其古老形式出现在名为《写作的零度》的一书中，这种言语活动从那时起便脱离了它赖以产生的法语，因为它以其特有的语法和词汇构成了一种独立的言语活动"。

第二部著述并不依据罗兰的作品内容来说话，它用一种诙谐的方式指出，该书的形式对于大多数人来说，是无法看懂的。两位作者把法语句子与"罗兰·巴尔特的句子"做了比较。比如："您姓什么"被说成"你如何陈述自己"；"我是打字员"被说成"我在驱赶着键符顶端"；"我感觉不好"被说成"在我的自我感觉方面，可以说我居住条件困难"。

罗兰想必会笑掉大牙：这两本书证明了他在智力争论中所占有的位置。但是，他从来不能忍受哪怕一丁点儿指责。恶意攻击与讥讽挖苦使罗兰很不舒服。而在这两本书中，有着太多的攻击讥讽。虽然他恼于被说成是说话莫名其妙的教授，但他小心地避开了去阅读那两本书。他对在歌剧院邂逅，并认为罗兰严重地受到了打击的阿兰·罗伯-

Les derniers jours de Roland B.

格里耶解释说："我很担心以后无法写作。"

　　由于不能回避文学界的冷嘲热讽，罗兰决定躲避登门来纠缠他的那些"讨厌之人"，于是，他换了电话号码。这一行动是在他1978年9月返回法兰西公学之前的一点时间内进行的。他给他的朋友们写过一封短信："我换了电话号码，这有点不近人情，这是新号码，请尽可能保密。"他以前的号码登在电话簿上，此前任何人在任何时间都可以据此给他打电话。一位弟子注意到："他不是带有改变特征的人，他必然是逼不得已才这样做的。"得救源自躲避；于是，他的名字登上了红色电话名单。

　　为了创作小说，他还必须安排出时间，尽力减少那些社会交际。于是，他产生了到于尔特安定下来的想法：那些"讨厌之人"便一下子在他的生活中消失了。他在法兰西公学开课时返回巴黎，并看望他的朋友们。在于尔特，由于他的卧室里有着与在塞尔旺多尼街的办公室相同的条件，所以，他工作起来总是非常有成效。 *134*

　　是在巴黎还是在于尔特？他进退两难，很是痛苦。是待在妈姆去世的公寓的房间里，还是待在距离妈姆的坟墓只有几十米的房子里呢？他觉得自己比以前任何时候都身处母爱的支配之下。促使他留在巴黎的是另一种原因：那些小伙子。在西南部，他只能斋戒；在巴黎，他放纵不羁。有一天，他与一位朋友走在圣伯努瓦街（Saint-Benoît）上，这时，一位货车司机在他们面前停了下来："罗兰向他问好，而且以很高、很有力的声音以'你'称呼对方：这显然是他的一位伙伴。在母亲去世之后，他恰好在算是罗兰的大本营的花神咖啡馆附近出现，这一点都不会使他感到不便。"

在圣日耳曼大街的另一侧，走动着许多青年。这位朋友继续说："他们欣赏罗兰，因为他很可亲，而且尊重别人，对他们很宽容。"

15　罗兰在纽约

最终，他成了明星。在重新被命名为肯尼迪机场的纽　*135*
约国际机场，一辆黑色无篷小汽车等待着坐一等舱而来的
罗兰。纽约大学法语系负责人汤姆·毕晓普（Tom Bishop）
前来迎接他。两个男人钻进了无篷汽车，到了格林威治
（Greenwich）村罗兰著作翻译者的家里。他来纽约几天，
参加一个报告会，该报告会与他在法兰西公学刚刚作的报
告会内容完全一样。"长久以来，我早早入睡"变成了美国
英语中的"普鲁斯特与我"。因此，不需要掩藏玄机。

第二天，位于华盛顿广场旁边的纽约大学的硕大阶梯
教室里挤满了人，大家都来听这位法国来的大师介绍他最　*136*
近的改行决定。听众没有任何失望表情：他纽约的粉丝比
巴黎的粉丝更不拘泥于现实情况。一位一直没有弄懂这位

走出国门的大师的成功之处的大学老师注意到，"在美国，他真是一位大明星"，尽管他的英语说得并不好。在那个时代，法国文化正在向外传播。

第三天，罗兰在一个小报告厅里主持一个小型研讨会。他的几位美国朋友都到场了，他们当中有苏珊·桑塔格（Susan Sontag）[1]，她问罗兰这部小说类似于什么。这也是他的近友们提过的问题：谁都不会想到他能真正地融合小说的古典形式。他几个月前在一家法国电台上承认，他并不想"设定一个内含故事的叙述对象，也就是说，在我看来，基本上是一些过去进行时和一些一般过去时[2]，以及一些在心理上建构的人物"。一位弟子评论说："他在运用一般过去时方面有问题，他把握不好这一时态，可是，这是小说的时态。"

并非仅仅在运用一般过去时方面有问题，一位乌埃勒街的人指出："他还认为，要想成为小说家，就必须表现得笨一点。罗兰认为，一位小说家并不由他的对象来确定，而是由放弃严肃的思想来确定。"可是，对于罗兰来说，丢

---

① 苏珊·桑塔格（Susan Sontag, 1933—2004）：美国随笔作家和小说家。
② 过去进行时（imparfaits）、一般过去时（passés simples）：法语动词时态，前者指的是过去时间里动态的和重复的动作表现，主要用于描写；后者指过去时间里即刻完成的动作，主要用于叙述。

Les derniers jours de Roland B.

下他作为痴迷于意义的人的浮华外表，是万万不可能的一件事。对于苏珊·桑塔格的提问，他回答说他还不知道小说将采用什么形式，也许，这部小说将由一系列的片段式文本来构成。这一问题开始纠缠他：他是否必须写成块状体的文本呢？

在小报告厅里，还有几位法国朋友。其中有一位语言学家吉拉尔·G，他与罗兰乘同一个航班从巴黎到美国。他回忆说，他曾有过一种不好的预感："我坐的是二等舱，在飞行过程中，我曾去找他聊天。他正在睡觉，脑袋朝后仰着：我突然觉得像是面对一具僵尸。"在这个小型研讨会上，吉拉尔·G注意到，罗兰在胡讲乱说他未来的小说，可他那时甚至连一行字都还没写。他不安地问道："您不会是迷信吧？"罗兰回答说："我有信心。"

正是这一点使他的朋友们出现分歧。他确实想过自己能够写出一部小说吗？他的出版商朋友弗朗索瓦明确地说："他常说：我相信能写成。请您理解，我是不相信的。"贝尔纳-亨利·莱维对此持相同的看法："他想写小说的欲望挥之不去，但同时，他又觉得没有能力做到。这种内心的气馁更加重了他的郁闷，一直到他生命结束。"相反，其他的近友则相信罗兰能写出来，至少在最初是这样。到了

138

1978 年秋天，他甚至跑到纽约说他有信心完成小说。他不是在玩把戏。一位电影导演概括了他的想法："他常对我们说：我清楚我不是小说家，但我要试一试。"

在这次小型的纽约研讨会上，也有人向他询问有关做梦的问题。他说："我很少做梦。"这是什么意思呢？他服用一种作用很轻的安眠药来阻止做梦。是害怕做噩梦吗？不是。对妈姆的回忆是非常痛苦的。于是，他担心回到扰乱他睡眠的"细小的意识情结"上来。一位与会者评论说："罗兰不喜欢内省。"

11 月 12 日，他生日的前一天。为了庆祝他 63 岁生日，他想吃中餐。他的朋友们把他带到了唐人街的凤凰餐馆（Phoenix）里，餐馆推荐水煮牡蛎。罗兰特别高兴。他用纸牌给大家算命，对同桌吃饭的人说："我来试一试说出你们的希望，说出你们的心愿。"他们当中有他以前的一位女学生，也是后来的一位小说家，叫尚塔尔. T（Chantal T.）。他祝愿她写出关于自己的书。还有菲利普. R，是一部有关萨德①的书的作者，曾在《恋人絮语》刚出版时在《花花公子》杂志上采访过他。"您，使您的生活充满激情，

---

① 萨德（Marquis de Sade，1740—1814）：法国色情文学作家。

Les derniers jours de
Roland B.

这会很适合您的。"

这几个人去酒馆喝了一杯。大家都围着罗兰尽情畅谈。是的，他希望他未来的书中有一些人物，但同时说不清他写作一部传统小说的欲望有多大。他还提到法国政治。他承认很关注左派联盟的分裂。菲利普·R回忆说："在他看来，左派执政应该主要捍卫大众文化和法语，他有时说法语是'中心语言'。"

在纽约的这段时间，起初非常顺利。罗兰被人包围着，被人宠爱着。然而很快，他的心情就变坏了。他有一个固执的想法：到一家人们向他建议的商店去买一件大衣，这家商店这时已经关门了。可是，他非得再去这家商店，而且只想去那里。说真的，妈姆的去世已经使他没有心思旅行了：他更少去外国了。他的出版商朋友弗朗索瓦分析过他的这种僵化表现："母亲去世了，罗兰不再或不真正再旅行了。旅行，通常就是离开母亲。但是，这是一种特殊的方式，即从线团里拉出一根线，而又不放下线团。要是线团落地了，拉着线也就不再有什么意义。或者更坏的是，变得疏远。"菲利普.R更提高声音说："他不喜欢旅行。必须现场有几个朋友，他才肯冒险尝试。" 140

只是尝试，而不会更多。很快，罗兰就想回巴黎了。

他不能等待预定日期的到来。他产生了一种古怪的想法：乘协和式飞机①返回。这就是说，他想马上见到巴黎。他的美国朋友拦不住他。一位乌埃勒街的朋友回忆说："他又一次头脑冲动。他对我们解释说，他在纽约待腻了，很愿意乘协和式飞机。"

还有一个例子，说明他不适当的消费习惯。他向朋友们抱怨说，《恋人絮语》的成功尤其加重了他的税负，但是，他愿意乘协和式飞机的头等舱。这种急迫证明了他与美国关系一般。一位大学老师也回忆起他们一起在巴尔的摩（Baltimore）的逗留："他害怕与女士们一起乘电梯：在女士们向他问好时，他觉得被侵犯了。"

美国的女士都爱侵犯别人，而那些小伙子们则不可接近：他总是按照他的心意来划分国家。他在纽约去了一家夜总会，并在那里感到厌倦。他在大学报告会后感受到的自我满足，很快就被他积累起来的不满足所取代。

在巴黎，罗兰又一次想到了马塞尔·普鲁斯特。他在《文学杂志》（*Magazine littéraire*）上指出："毫无疑问，

---

① 协和式飞机（le Concorde）：欧洲"空中客车公司"1976 年 1 月 21 日开始商业运营的超音速飞机，2003 年 10 月 24 日停止飞行。

Les derniers jours de
Roland B.

是母亲的死奠定了《追忆似水年华》的基础。"普鲁斯特在四年中犹豫着是写成论著还是小说。他是从论著《驳圣伯夫》(*Contre Sainte-Beuve*) 开始的。1909 年 7 月，他把书稿交付出版；但是 8 月，手稿被拒绝了；9 月，"他已开始进行他伟大作品的创作了。对于这一作品，他将付出他的全部，直至他 1922 年去世"。罗兰指出，就在 1909 年 9 月，突然，"这一创作开始了"。

是借助于神奇的炼丹术吗？这真是问题所在。这个问题缠绕着他，成了他在法兰西公学课程的中心。他解释说："我认为可以发现一种创作方式。"普鲁斯特曾经找到了"支撑"作品的一种技巧手段，而罗兰提到的是"某种说出自我的方式"、"一种专有名词的真实"。他抱怨在这位小说家的研究者那里找不到任何关于这个疑问的解答。

通过《文学杂志》，他完全向读者透露了进入文学的欲望："我是一位随笔作家，我承认打算写作属于小说之类的东西。"这种说法仍然有点谨慎。这是否说明还有疑虑在困扰着他呢？

16 冬天的樱桃

初冬，圣日耳曼大街市场上卖着樱桃。在这里，两个人开始迈出自己的脚步，他们是由罗兰在此后几个月中围绕着《新观察家》引来的。自从成了孤儿，他常常从别人那里借来他非常喜欢的篮子自己去买东西。他惊讶地问与他在一起的《新观察家》的记者让-保罗·昂托旺（Jean-Paul Enthoven）：是冬天的樱桃吗？现在已经不分季节了！当然，他这是以自己更为婉转的语言来说明这种显而易见的道理。这位记者考虑到罗兰是以写书开启了他的职业生涯，便提醒说，为什么不根据您对日常生活的观察写作一些新的"神话"呢？很快，一次与《新观察家》杂志总经理让·达尼耶（Jean Daniel）的午餐，就在位于圣日耳曼-德普雷大街的夏邦捷（Charpentiers）餐馆安排好了。他

Les derniers jours de
Roland B.

们的讨论持续了很长时间。让·达尼耶说他对于罗兰的传
记作者身份感到惊讶："我那一天才发现，一些名望极高的
人可以是很脆弱的，他们的自我感觉都有问题。"这年秋
天，有两篇抨击性文章讥讽他的学究气，这使他大受伤害。
他希望能够予以回击。《神话学》（*Mythologies*）作为最容
易理解的书籍，是很早以前的事了。他很愿意续写，以便
说明他是可以理解的，让·达尼耶同意提供协助。

罗兰在他生命的这个时刻保证每周写出一篇文章：虽
然相对短一些，但这篇文章还是需要他付出劳动和持续的
关注。在法兰西公学，他每周上课时都声称他将不再分散
精力。可是现在，他又踏上了一条新的冒险之路，在那里，
他在转弯处被人等待着。还有什么比在一家大众杂志上定
期发表文章更彰显自我呢？他的新《神话学》的每一篇文
章都将被详细分析。

索莱尔斯更是劝告他最好在大众传媒领域待着，为的
是不把位置让给他的对手们。罗兰也仍有迫使自己以片段
方式来写作一本书的想法。再就是，他总是对于主流事物
有着公开的爱好，在他看来，这种事物就是生活的本质。
他的一位朋友说："他把这些专栏文章设想为是细小事件的
目录。"罗兰承认对于"微小价值"的蔑视，他欣赏"捕捉

现时的刨花"——他就是这样说的，就好像这些刨花"逃离观察"那样。

某个周六，他在法兰西公学引用了小记事本上的一段"记录"——他始终把这个小记事本带在身上，而且一回家就把记在小本子上的内容重新认真地抄写在卡片上："在日耳曼广场等待 48 路公交车时，我看到一对夫妇，年轻的夫人的高跟鞋高得难以置信……我心里想：她们是如何走路的呢？从某种意义上讲，我对这些没有任何兴趣，但是仍然需要记录，因为这是生活的细腻表现。"已经没有了季节之分！那些穿高跟鞋的女人，高高的鞋跟几乎能使她们摔死！人们理解他恼于被介绍成是讲语言不规范的随笔作家的心情。

第一篇专栏文章发表于 12 月 18 日。没有什么大惊小怪之事，谈的是红色水果的问题。"在圣日耳曼市场，我看到了樱桃，它们来自澳大利亚。技术的进步（几个小时就可以运来地球另一端的水果）在剥夺人们关于季节的准确的时间概念，在剥夺他们的速度感。返回的快乐，作为最大的快乐，已经结束了。"每一周，罗兰都得变成像为知识分子开设的一家商业咖啡馆的经营者那样："等到午夜，才在电视上看到一部非常法国式的影片《万桑、弗朗索瓦、

Les derniers jours de Roland B.

保罗和其他人》①。每一位演员都有发怒的时候，这无不叫人发抖，而之后，大家又和解：这来自于加宾②，他发现在相互叱责与相互和解中可以获得一种法国式的享乐。"

某些记录更为讲究。比如关于命令式的记录："出于爱护与关心而开玩笑，我接连地收到三四个传话：'别再吸烟了'，'不要悲伤'。于是我想，要是取消命令式，会是什么样子呢？在'向您示好'的时候，命令式中有一种更为明显的强制力。"妈姆从来不用命令式与他说话……

过了四五个星期，他在编辑排版的最后一个晚上把专栏文章带了去。让-保罗·昂托旺把他领到排版室。一位版面设计人员向他说明工作：我在那里放题目，这里，是照片，在两者之间，我加灰色。灰色是什么？罗兰很感兴趣。版面设计人员明确说，就是文本。让-保罗·昂托旺说："这种说法使他很兴奋。那时，他刚刚讲授完了有关中性的课程，这种课程同样也是一种灰白的颜色。每当他来《新观察家》杂志，他总是说：我带来了我的小灰色！" *147*

---

① 《万桑、弗朗索瓦、保罗与其他人》(*Vincent*，*François*，*Paul et les autres*)：法国与意大利1973年合拍的一部喜剧电影，讲的是几位50岁的人总结事业与生活成功或失败的故事。

② 加宾（Jean Gabin，全名 Jean-Alexis Gabin Moncorgé，1904—1976）：法国演员。

问题在于，他的那些"小灰色"很快就令人失望了。那些散乱的记录在想方设法产生意义。尽管他提供解读自己的钥匙："让吉斯·卡恩（Gengis Khan）将待在故事中，但是，他喜欢玫瑰吗？这个词如何被今天的年轻人接受呢？可笑吗？反动吗？不合适吗？或者只是单纯地不明白？"他喜欢把自己表现得过时、不合时宜。例如，他这样评论埃利克·罗默[①]的一部电影："在放映过程中，我被观众的大笑所刺激：情感方面的粗鲁，一旦人们因一种感性或一种天真而笑，野蛮就出现了。"语言是"法西斯主义的"，习惯于黑暗放映厅的人是"野蛮的"：他喜欢细腻，但他的判断有时有点骇人听闻。

那些"小灰色"停留在读者的胃口里。罗兰的朋友们认为，他误入歧途了：他很想写得简单一些，但却显得矫揉造作。罗兰心里清楚，一位弟子说："很快，在他看来，写作这些文章就变成了让人讨厌的工作。"三个月后，他扔掉了这项工作。借口还是找到了：他马上要写他最后的一本书《明室》。他通知《新观察家》杂志的读者他将"休

---

① 埃利克·罗默（Eric Rohmer，本名为 Maurice Henri Joseph Schérer，1920—2010）：法国电影导演。

Les derniers jours de
Roland B.

息"一下，用词有点审慎：实际上是放弃。

尽管如此，他很会自我解释，同时强调他在各处都受到了批评："您的专栏文章是一些'神话'，不是太好。"他把答复置于理论领域："它们不是'神话'，而是对于某些事件的记录，那些事件在一周当中为我的感性做了标记。为什么要提供细节、枝节、无意义的东西呢？因为事件本身是软弱无力的。"

问题在于他不曾找到使这种练习易于被读者所理解的写作形式："问题在于，对于每一个被转述的事件，我都觉得必须给予一种道德意义、社会意义、审美意义。这些专栏文章几乎成了说教，而对于这一点，我是不满意的。"对于这种退却，让-保罗·昂托旺认为是在承认失败："写一些'神话'变成不可能了。在50年代，一切均具有一种意义，而在70年代，人们只注意作者的名望。"

《新观察家》杂志的例子，说明了罗兰总是经不住恳求。有一天，索莱尔斯说："'不'这个字从没有进入他的修辞学。"由于他多少也有这方面的想法，所以，便在这家周刊和朋友的要求下，迫使自己动手去写；其实，他的那些朋友都希望他在因妈姆去世而长时间原地不动之后借此摆脱哀痛罢了。

149

罗兰与让-保罗·昂托旺仍经常在圆屋顶饭店（La Coupole）一起用午餐。专栏文章的阴影不再笼罩在他们身上了，他们仍然一起大笑。罗兰从未品味过稀奇古怪的事情，但是，他看重那些使他愉快的人。让-保罗·昂托旺回想起那些使他的客人兴高采烈的格言式的语句："精神分析学是一种病症，它把自己当药物。"或者是："魔鬼，在认为它可以使人变得比从前更糟糕的时候，会是非常乐观的。"让-保罗·昂托旺在罗兰身上看到了"纪德的复活，更多的仁慈：同样追求符合道德规范的外表，同样具有性欲的疯狂。当我向他提到纪德当年在马格里布短住时对一位阿拉伯青年说的那句话——你与一位法国大作家在一起，他大笑了起来。"

罗兰还赞赏另一条格言式语句："当一个人到了25岁的时候还是女人，50岁的时候还是常胜将军，当上主教还有影响力，他的生活就是成功的。"让-保罗·昂托旺评论说："罗兰就是一位有影响力的主教，一位普鲁斯特式的人物。"不过却是未能成功地让人接受他的专栏文章的"一位有影响力的主教"、一位无力走普鲁斯特之路的"普鲁斯特式的人物"。

Les derniers jours de Roland B.

17 打破单调

当罗兰询问法兰西公学的听众们想要以什么方式接受　*151*
他非常特殊的课程时，他的意识非常清楚：我，罗兰·巴
尔特，刚刚失去了妈姆，总是怀有思念她的强烈欲望……
12月16日，他不断提出这样的问题："你们大家对这个课
程有兴趣吗？"他的回答带有着某种常识："我的希望建立
在个人经验的基础之上：当人们谈论他们的职业的时候，
我从来不会厌烦，不论是什么职业。不幸的是，大多数时
间，他们不得不限于一般的会话，限于一些文化上的平
庸性。"

对于厌烦，这是一位固执的信徒的自我表白：如果其
他人的职业使他感兴趣，那么，他的听众们就该对于他探
讨小说家职业的方式感兴趣。不论怎样，他细心而明确地　*152*

说："讲授一门课程，并非只是一种运用，因此，不应该像观看一出可以愉悦或是叫人失望的戏剧那样来听课。"他知道人们对他的指责："自我崇拜，自恋。"但是，他假定："重复的厌烦是什么？总是说到我死之前要写文章、讲课、做报告……按照常规来看待他的未来……需要打破的，正是这种单调。"他在《新观察家》杂志上发表第一篇专栏文章时就说，他已厌倦了写文章。罗兰比以往任何时候都反常。

在他看来，上一年关于"中性"的课程，属于一种先前的生活："我放弃发表它：那属于过去，然而，时间急促而过。我必须动身，因为天亮了。"必须动身，因为天亮了。在讲台上，在1978年的年末，他不再掩饰他的苦恼，他表现出正在"承受着某种破坏作用"，保证"要与一种逐渐陷入沙滩的过程做斗争"。他拒绝"活着走进死亡"，他举雅克·布雷尔①的例子，后者隐瞒了他的"已经无药可救的状况"，并改变了生活。他向听众们讲述了他春天在卡萨布兰卡发出的惊叹，那就是决定让他的课程服务于"小说幻觉"。

---

① 雅克·布雷尔（Jacques Brel，本名为 Jacques Roman Georges Brel，1929—1978）：祖籍为比利时的法国作家、作曲家和电影演员。

在参照了最后几本著述之后，他明确地说："我曾经常常接近浪漫故事，但是，浪漫故事还不是小说，而且，我想跨越的，正是这一门槛。"自他到纽约走了一趟之后，他意识到公开销售熊皮是危险的[①]："我真的是要写小说吗？我要写小说，就像我以前……那样。有人会说：提前预告，会有很大的风险……过早地命名，便会招致坏的命运……"他继续说："一般说来，我是很严肃地对待这一风险的，我总是不去谈论我即将写的书。这一次为什么要冒这个风险呢？"回答是：没有"失去任何东西"。人们把幽默定义为"失望之礼貌"。在生命的晚期，对于罗兰说来，写作一部小说的顽强意志就是他的失望之礼貌。

今后妈姆就是他挥之不去的内容，但是，他不想写作《我妈妈的故事》（*Le Livre de* [*sa*] *mère*），就像阿尔伯特·科恩[②]在同时代所做的那样。他的雄心是写作一部宏篇巨制。但妈姆对于说明整部作品还是很有用的。在这一点上，他还是参照普鲁斯特："在《追忆似水年华》中有许多人物，但只有一种形象：母亲，伟大的母亲。"在后来的

---

① 这是一则谚语，说的是"在抓到熊之前就卖掉熊皮是很不可靠的事情"，一般用来指"不要过早地乐观"之意。

② 阿尔伯特·科恩（Albert Cohen, 1895—1981）：法国剧作家、诗人。

一周中，他说明，要让他所爱的人"永远被纪念"，那就
154 "意味着将其放在中心位置：那是迷人的爱情位置"。

既然他清楚要写的书，那么，他的问题就变成：如何
写这部小说呢？12月16日，他思考了一阵"构想一部片
段小说"的可能性。他指出："大概，这种情况是存在的。"
但是，他怀疑这样的一种建构是否是可行的。因此，他应
该"改变自己与写作的关系"。在他看来，这就意味着"改
变主体"。他毫不犹豫地"展示他的无能为力"，他在法兰
西公学的听众面前询问"主体"的片段化是否"与阉割有
某种关系"。罗兰当众提出了他的公式：片段化的主体 =
阉割的主体。在这里，不难看出他承认自己具有一种受挫
的欲望。受挫，是因为妈姆无处不在。

他早已被定位为写作短篇文章的作家，他也喜欢片段，
因为他追求"开始与结束之快乐。写作许多片段的同时，
我们在增加这种快乐"。现在，他必须感受继续写、持续写
和扩展开来写的快乐。在63岁的时候改变身体是不容易
的……幸运的是，他有《追忆似水年华》的作者做榜样。
他在听众面前解释这一情况，在接受长访谈时重复这一情
155 况："这是一个典型普鲁斯特式的问题，因为普鲁斯特在一
半的生命中都只写一些片段，突然在1909年，他开始构筑

Les derniers jours de
Roland B.

大海波涛般的作品，那便是《追忆似水年华》。"

　　他是在与自己斗争。但是，方向很明确：借用《追忆似水年华》的作者走过的那条路。索莱尔斯曾经指出："他生命的后期越来越转向了普鲁斯特。"不是转向了普鲁斯特的作品，而是转向了普鲁斯特的构思。罗兰解释说："我们越来越不喜欢普鲁斯特这个姓，而是越来越喜欢马塞尔这个名，即特定的人，他既是儿童也是成年人，既是孩子也是老人，既激动又明智，他备受怪癖折磨。"他把在纽约的报告会定名为"普鲁斯特与我"，可大概"马塞尔与我"更适合他的精神状态。

　　一连几个月，面对法兰西公学的听众，罗兰剖析马塞尔的"古怪性"：他吃饭的方式，他为了写作而穿衣的方式，他为了坚持下去而服用的药品。他拼命地在寻找成为另一个马塞尔的秘密。

18　菲利普和贝尔纳

156

　　罗兰与菲利普。菲利普与罗兰。把罗兰与索莱尔斯之间的友情比作蒙田与博埃希①之间的友情，也许是太过分了，但两个人确实经常来往，经常单独地一起用晚餐。他们经常在圆屋顶饭店喝上一杯，然后才一起去蒙帕那斯大街的一家饭馆，或是去法尔斯塔夫酒馆（Falstaff）或多姆圆顶酒馆（Dôme）。

　　菲利普·索莱尔斯在《女人们》（*Femmes*）一书中提到了他们在一起的那些晚上："我们谈论正在写的东西，说一说这个月都在做什么"，罗兰"拿出来他为晚饭后准备的雪茄，神态高雅，说话得体，很高兴见到他非常喜欢的人

---

　　①　博埃希（Etienne de la Boétie, 1530—1563）：与蒙田同时代的法国诗人、哲学家，也是他的好朋友。

Les derniers jours de Roland B.

和非常喜欢他的人"。他们的关系非常密切，这种关系有一个很得力的证人，那就是朱丽娅·克里斯蒂娃。朱丽娅·克里斯蒂娃认识索莱尔斯，是在她成了罗兰的学生之后。一位出版商证明，"索莱尔斯与克里斯蒂娃围绕着巴尔特，巴尔特身边就像有了一对孩子"。

乌埃勒街那帮人很难理解他们的朋友对于在他们看来是一位堕落的作家所表现出来的宽容。确实，这两个男人有很大的不同。除了他们之间明显的年龄差距（差25岁之多）之外，罗兰还非常谦虚和审慎，索莱尔斯很快就对他表现出了满意。但是，罗兰从不能容忍人们在他面前批评索莱尔斯。他的弟弟证实，"如果他的朋友们说索莱尔斯的坏话，他会非常不高兴"。一位电影导演回忆起他因违反规则而在尼古拉-乌埃勒街遭受的一次难以忘怀的大骂。他曾嘲笑本来是毛泽东主义颂扬者的索莱尔斯后来竟转变成了亲美国派。罗兰勃然大怒，让他不要再说下去。有一次吃晚饭的时候，另一位乌埃勒街的人大胆地问："你真的欣赏索莱尔斯吗?"罗兰反驳说："他是一个非常聪明的人。"

他们的友谊并不是纯粹的。在被分帮分派的文学界，应该懂得为自己寻找同盟者。作为出版界的朋友弗朗索瓦注意到："他们之间是强强联合。"甚至妈姆，她并不十分喜欢索莱尔斯，有一天也遭到了罗兰的责备："要尊重他，我需要他。"但是，罗兰在他的这位朋友那里领略到的最多的东西，是他很会说话：在他看来，索莱尔斯比任何人都会使用法语。一位语言学家明确地说："罗兰尽力去发掘索莱尔斯的天赋，但是，他却被后者的热情所吸引。"每当有这位同谋者陪同的时候，他就表现出快乐。索莱尔斯证实："我们常常一起大笑。"虽然在罗兰看来，这并没有什么价值。

或者，也可以说，这还是有价值的：1979 年春天，罗兰不假思索地出版了一本名叫《作家索莱尔斯》（*Ecrivain Sollers*）的小册子。为了了解这次出人意料的出版的原因，需要回到 1977 年 6 月的塞里西研讨会上。那一次，索莱尔斯没有出席。在近友中间，他是唯一或几乎是唯一不肯动身到场的人。一位乌埃勒街的人明确地说："组织者安托万没有对他特别关照。"而安托万则确认："他不肯与有敌意的乌埃勒街的人们混在一起。"索莱尔斯解释说："罗兰在他的朋友们之间设立了隔离层。"安托万的做法让他向最坏的方面去想，他选择了放弃出席。

塞里西研讨会无可争议的明星是阿兰·罗伯-格里耶，

Les derniers jours de Roland B.

不管他是否挑起了波澜。更何况，在没有征求罗兰意见的情况下（他自感有点受到了操纵），他很快就发表了他在研讨会上的发言，题目是《我为何喜欢巴尔特》（*Pourquoi j'aime Barthes*）。一位乌埃勒街的人说："罗兰应该会收到索莱尔斯的强烈不满。"因为罗伯-格里耶曾在塞里西嘲讽了《原样》杂志（这个杂志是索莱尔斯领导的）为数不多的读者群，尽管罗兰经常与该杂志合作，但他却没有做出任何反应，索莱尔斯对这一点根本无法忍受。这位乌埃勒街的人继续说："作为补偿，索莱尔斯要求罗兰把他写的有关索莱尔斯的文章汇编成册出版。"作为他们的共同出版社的色伊（Seuil）出版社的一位经理明确地说："菲利普·索莱尔斯看到了可乘之机"，"他对自己以后的生涯感到恐慌。他建议罗兰帮他一把，把他重新推介出去"。

一连好几个月，索莱尔斯都在强求这点。作为他与乌埃勒街那帮人关系极坏的证明，一位乌埃勒街的人甚至明确地指出，索莱尔斯曾经威胁罗兰，说他会把罗兰是同性恋的事情告诉他的母亲。这是不可能的，因为那时妈姆已经去世，但是，乌埃勒街那帮人肯定地说，索莱尔斯曾迫使罗兰接受一种真正的要挟。

罗兰后悔做了让步。1979 年初，在该书出版之际，他

160 非常恼怒。另一位罗兰证明，一般而言，在一本书出版的时候，"他都是高兴异常，自我陶醉"，这一次却不然。他的伙伴康斯坦丝这时已经成了色伊出版社的新闻发言人，她回忆，当出版社的一位职员问罗兰为一本书的新闻稿签字是否感到厌倦的时候，他离开了："这不是一本书。"他当大使的朋友菲利普证明，"罗兰不高兴，因为他感觉索莱尔斯强迫他去做这件事。"一位乌埃勒街的人明确地说："索莱尔斯使他感到有点害怕，他后悔出版了这本书。"一位法兰西公学的同事指出："这是他对索莱尔斯感情的副产品。"他的出版商朋友弗朗索瓦对别人说："书的题目'作家索莱尔斯'含有某种讽刺意味。作为他的朋友，我们认为真正的作家是巴尔特。"

菲利普与罗兰继续一起吃晚饭。菲利普在《女人们》一书中对罗兰所做的既温柔又残忍的描写中，指出罗兰在他的生命晚期心情变得很坏："从前，我们的谈话涉及文学……而现在，越来越多地是 X 或是 Y 的计谋……他随意参与小伙子们的复杂关系，这是他的颓废的开始，而这种颓废又突然加快了速度……他满脑子都是这些东西，同时

161 梦想着不再写书。"他又补充说："罗兰相当聪明和富有洞察力，他能够发现错综复杂关系中的愚蠢表现。但是，他

Les derniers jours de Roland B.

罗兰·巴尔特最后的日子

对于很晚才发现的安逸享乐的追求是最为强烈的。他忍受着这种矛盾的折磨。”

春风得意的异性恋者索莱尔斯感觉到他的这位朋友在衰竭：“许多同志，都给我一种古怪印象，那就是他们的内心都被吞噬，他们都被压缩至早熟的幽灵的状态……在最后的那段时间，这一点是很明显的：某种东西变得越来越脆弱、苍白、无生气……这一过程尽管得到了很好的控制，但还是表现得很明显、很清楚……自恋在加重。”

这时候距离罗兰辞世还有一年时间。按照索莱尔斯的说法，他“已经精疲力竭了。一切都让他厌倦，一切都使他越来越疲惫，越来越提不起兴趣。这些人提出这样的要求，那些人发出那样的恳请”。他不考虑为个人荣誉而争取出一本书，而是考虑“那些总是要求得到帮助、关心和爱护的人们表现出的笨拙无知……为了得到一些愉快的时刻（恐怕还得不到什么愉快），要花多大的代价……电话、信件、奔走……”。一位过去的文学部主任这样确认：“有人与罗兰在一起，就是为了让他写一篇序。”索莱尔斯下结论说：“就这种有求必应的游戏而言，尽管他不愿意，但他已经变成了一位圣人。”

在生命的晚期，罗兰与文学界另一位处于上升势头的 *162*

大腕人物贝尔纳-亨利·莱维（BHL）维持着同样的既是友情的又是工作的关系。在这一方面，他的朋友们对于他们如此接近非常不满。有一天，一位弟子问罗兰："你们为什么会有这种友好关系呢？"罗兰回答："为什么我不可以与一位对我友好的人维持友好关系呢？"这位弟子补充说："罗兰很清楚 BHL 对他的利益要求。"但是，他接受为BHL 提供担保，就像他对待索莱尔斯那样，因为他需要他们的陪伴和他们的智慧。

BHL 明显比索莱尔斯年轻，他进入巴尔特圈子是很晚的事情。两个人经常在雷卡米埃餐馆（Récamier）靠门口的一张圆桌上吃午饭，那是 BHL 习惯的地方。这位《人面掩盖下的野蛮》（La Barbarie à visage humain）的作者明确地表示："我们经常谈论小事情。"例如，从阿拉贡的转变到年轻人的寻艳，"这使巴尔特很高兴"；或者谈论 BHL 非常了解的《新观察家》杂志："他问我让·达尼耶的影响力是建立在什么基础上的。"

BHL 保留的对罗兰的记忆，是他"非常郁闷，是所遇到的最郁闷的人之一，但是，他没有任何痛苦表现。他和蔼可亲，关心如何才能快乐，他联络朋友是为了消遣：他是捕捉生活的人"。罗兰很喜欢与人面对面交谈，于是他多

163

Les derniers jours de
Roland B.

次接受 BHL 邀请去他家用晚餐。与米歇尔·福柯相比，让-保罗·阿龙①算得上是"另一位秃头"。他出版了一本笔锋辛辣的书来驳斥法兰西公学的这两位教授，把他们形容为"干瘪的水果"，他说："你们把生活封闭在结构之中。"这是在影射结构主义潮流。罗兰心平气和地为自己辩解。在生命的晚期，他并不掩饰对阿龙的赞同。有一天，他对明星摄影师弗朗索瓦-玛丽·巴尼耶（François-Marie Bannier）这样说："你运气好，你选择了生活，而我选择了思想。"这位摄影师是他在塞尔旺多尼街的邻居，他常去造访。

在 BHL 家，罗兰也遇到过弗朗索瓦·密特朗②，在他后来出了车祸时再一次见到过他。那天晚上是罗兰挑起的事端。那时，密特朗只是法国社会党第一书记，他极力称赞米什莱。但是，他颂扬的是作为学者的米什莱，是作为法兰西赞颂者的米什莱。罗兰却津津乐道于描述后期的、更为复杂的米什莱：一位"巫神"，他竟然"到厕所里去仔细查看他妻子的粪便"。密特朗因他的偶像遭到如此诋毁而

①　让-保罗·阿龙（Jean-Paul Aron, 1925—1988）：法国作家和哲学家。
②　弗朗索瓦·密特朗（François Mitterrand, 1916—1996）：法国政治家，1981—1995 年间曾任法国总统。

感到深受冒犯。

　　　BHL 还记得另一次与一位获得成功的年轻作者居伊·奥康让①在一起用餐的情况。毫无疑问，罗兰在这种文学晚餐中发现了魅力，他对 BHL 说了几句亲昵的话，祝他生日快乐，夸奖了他的妻子。罗兰与贝尔纳，罗兰与菲利普，他们是真正的朋友。

───────────

　　① 居伊·奥康让（Guy Hocquenghem，1946—1988）：法国随笔作家。

Les derniers jours de
Roland B.

19 妈姆的房间

他在课堂上预告了"主体"的统一。由此，发生了后
来的事情……1979 年上半年，他向近友解释说他"在尽
力推掉许多尚未来得及完成的文章、任务"，为的是从事
在他身上"某种更富有生命力的东西"。但是，他白忙活
了一阵，因为最终仍然没有"启动"。他曾悄悄地对他当
大使的朋友菲利普说："这几个月来，一些'待做事情'
的介入，每时每刻都在破坏我个人的工作，这真让我难以
忍受。"

3 月末，他让自己停了下来。摆脱了持续 3 个月的课
程，辞掉了为《新观察家》杂志写稿的任务之后，他便投
入到了"从感情上讲是基本的某种东西之中"，同时放弃了
去突尼斯的机会。他对菲利普说："一种内在的、顽固的、

不能自由支配的状况，妨碍着我离开。"那么，有什么重要的东西要写呢？是他的小说吗？他说了很多次，却一直没有准备好。那么，是什么呢？当然，还是约稿。在六十多岁的情况下，最好不要做什么改变。他的许多书籍都是因约稿而写的："我必须也想为策划了一套丛书的《电影手册》（*Les Cahiers du cinéma*）写一个摄影方面的短文本。"

一个关于摄影的文本！先前的巴尔特还没有完全消失，他喜欢论述时尚现象：摄影是一门新兴的艺术，对于这门艺术，他不是非常感兴趣……一位朋友说："他借助于《新观察家》杂志发表的照片，撰写了这本书。"色伊出版社的一位丛书女主编补充说："他当时不太了解那些著名的摄影师，因为他过去只喜欢家庭照片。"人们勉强承认他喜欢电影剧照。一位乌埃勒街的人叙述说："我回想起他对于泰希内的第一部影片的评论，他对我说：'不错，遗憾的是它是动的。'"

甚至在编写之前，这本书就已引起了罗兰的朋友们之间的较量。按照他的说法，这是一种"关系网偶发事件"。《电影手册》与伽里玛（Gallimard）出版社签有一项发行协议。然而，罗兰有过一次真正的遗憾：《写作的零度》一书在 50 年代时曾被伽里玛出版社拒绝过，他没有一本书是由这家威望很高的出版社出版的。因此，对色伊出版社表现出一点不忠而与伽里玛出版社草率地合作出一本书，他并未感到不合适。

但是，习惯上出版他书籍的弗朗索瓦，并不同意他这么做。他把偷懒看成是放弃努力。为了这点争议，他们不得不在圣日耳曼的一家小酒馆组织了巴尔特阵营的一次最高会议。罗兰的朋友们最终找到了和解的方法：这部书将由《电影手册》杂志与色伊出版社联合出版——于是，这一成果也就合法了。好啊！这便是统一的巴尔特阵营！

于是，从1979年3月底开始，他便为这本书努力……是写关于摄影的书吗？当然是，不过，这里面有着特殊的考虑。他向菲利普透露："我要写的书，是深刻地与妈姆的形象联系在一起的。"与妈姆的形象联系在一起……实际上，他主要想到的是那张以来一直让他神魂依附的照片：那张他的母亲还是个女孩子时在冬天花园里的照片。他的这本书的真正主体是妈姆，但愿这个事实不会让人感到惊讶。不过，人们期待这本书就是他"整体小说"的"外在形象"。作为一本很小的理论书籍，如何解释这种外在形象突然被放在了书的第二部分呢？

罗兰感觉自己在变老：他担心在死之前没能"说一说"妈姆。他引用《福音书》中的话："只要还有光亮，那就得工作。"他还有光亮，但是还有多长时间的光亮呢？大概他从未这样惊慌失措地出现在菲利普大使面前，因为他确实想与他在突尼斯见面。有一段时间，罗兰想在书籍的准备过程与写作之间"安排几天的间隙"。他向这位朋友解释说："但是，提前安排是很困难的。"他又补充说："因为复活节的假期会使飞机满座，这就变得更为复杂。"于是，他便请菲利普"原谅他这种有点神经官能症式的遁词"。

《明室》是他的最后一本书，其第一部分从普鲁斯特的一则逸闻开始："有一天，那是很久以前的事了，我偶然看到一张照片，是拿破仑最小的弟弟热罗姆的。我感到很惊奇，当时想的是：'我看到的是一双见过拿破仑皇帝的眼睛！'这是一种我怎么也无法抑制的惊奇，我曾时不时地和别人说起过这种感觉。可是似乎没人和我有同感，甚至没人能理解我这种感觉（孤独，生活就是由这样一些孤独构成的），我也就把这种感觉淡忘了，我以前对摄影的兴趣，更多的是文化方面的。"

文化方面：若是先前的巴尔特，那会涉及到无数新的词汇。尽管有以他为对象的争论，尽管他希望变得容易被

Les derniers jours de Roland B.

人理解，他还是忠实于自己。他时不时地借用日常语言中的表达方式。面对那些底片，他再次感到了对"曾经是" 的惊异。没有必要去变革理论，他对此有清醒的认识："我了解我们的批评家：什么！用一本书（即便是很薄的一本书）来发现我一眼就看得出来的东西？是的，但是，这种明目张胆的做法，无异于是一种癫狂。"

由于引入了妈姆和冬日花园的那张照片，癫狂也就不远了："我找到了'真正的整体摄影'，这种摄影实现着对（曾经是的）现实和（正在是的）真实难以置信的混合。这种摄影接近于癫狂，与'癫狂的真实'相结合。"显然，罗兰面对那张照片极度兴奋。"开始时，我大喊了起来：'是她！正是她！终于找到她了！'"接着，他曾希望"知道在什么方面正是她"。根据他自己"天真的"说法，他曾托一家照相馆细心地"放大这副面孔，以便看得更清楚，理解得更深刻，也就是说了解她的真实情况。我认为，把细节放大成连续的内容，我便能达到母亲的存在状态"。

妈姆的存在状态，这便是他寻找的东西。"唉，我徒劳地探索，没有发现任何东西：如果我放大来看，那就只见纸张的微粒，而没有别的——我为了素材而破坏了形象。"他的某些朋友曾经怀疑这张神秘照片的存在，认为也许它

19 妈姆的房间 *159*

只是罗兰的幻觉。可以确定的是，他并没有发表这张照片，尽管《明室》中有许多照片。他为自己辩解说："我不能把它拿出来，它只为我而存在。对于你们，它只不过是'随便某个人'无数次表现中的一次。"

这不是把妈姆降低到"随便某个人"的个人地位问题。她已经逝去一年半了，但是，令人惊讶的是，当人们阅读《明室》时，发现罗兰的痛苦并未减少。他毫不掩饰地承认："有人说，借助于工作，服丧中会缓慢地消除痛苦。我不相信，在我看来，时间消除的只是丧母引起的情绪（我不哭了），仅此而已。我认为，一切仍保持原样。"

这本书用了 6 个星期的时间写完了，妈姆被"分娩"了。他终于抽身去了萨洛尼卡城①。他在寄给 L 医生的明信片中这样写道："阳光，炎热，饭菜中没有什么可口的东西。"在旅游的时候，罗兰喜欢给他的朋友们寄明信片。但是，他向所有的人——近友和未公开其姓名的人——寄出的最长的明信片，就是《明室》的第二部分，是他面对妈姆的去世而发出的喊声："我所失去的，并非是不可或缺的，而是不可替代的。"

---

① 萨洛尼卡城（Salonique）：希腊的一座港口城市。

Les derniers jours de Roland B.

遗憾的是，他未能摆脱作为思想家的浮华。在《明室》
中，对妈姆的描写很潦草。他太缺乏自我中心主义，因而
不能服从于书写自传体文本时的心理趋向：他正是在自己
最后的书中，"把他的科学学识重新带了回来"。这个房间
太明亮了，它虽然不太稳定，但仍然证明了妈姆是他唯一
之所爱。一天晚上，在尼古拉-乌埃勒街，会餐的人们在玩
颠覆格言的游戏。大家通常引用霍布斯的话："我一生中唯
一的激情，是害怕。"罗兰说："我一生中唯一的害怕，是
激情。"因激情而死，那就意味着背叛妈姆。

20 花神咖啡馆的寻艳者

172 1979 年春天，每天上午，他都用来写《明室》。在下午快要结束的时候，他则离开塞尔旺多尼街，去会见朋友。为什么他要描述 4 月 23 日晚上的事呢？也许是因为他在写一部有关摄影的书，并且那天他正好去看了一次摄影展。这篇单独的笔记第二年发表在索莱尔斯主办的《原样》杂志上。这次发表表明了那篇作品的纯洁。

下面被详细讲述的，是罗兰去世前不到一年的某个晚上的事。他上来就预告说："一无所获的夜晚。"实际上，那个夜晚不是非常有趣。它开始于乘 38 路公交车去新桥（Pnt Neuf）的途中。罗兰是巴黎公交公司（RATP）的常

173 客，他非常了解路线，这体现了个人对于公共交通的爱好。在地铁或是公交车里，这位积习难改的爱看热闹的人感觉

Les derniers jours de
Roland B.

就像是在看节目，因此，他时常拿出小本子记下一出出短剧。有一天，他讲述了一个他在地铁车厢里突然看到的难以接受的场面：有个男人正在织毛衣，他身边其他人都扭过身，不去看他。

"由于提前到了，我便在梅吉斯里（Mégisserie）码头溜达了一会儿。"罗兰总是提前到达。在他身上，这是一种病态表现。更准确地讲，他把按时到达看作与荣誉相关的大事，因此他总是留出一定的空余，以防出现意外情况。梅吉斯里码头是动物市场。"店铺都关着；从一处大门向里望去，我看见了两只小狗：一只戏弄着另一只，而另一只则不搭理它；我再一次想有一只狗。"看来，他需要有种东西出现在面前，以减轻孤独。他的弟弟从前有过一只狗，取名叫吕克斯（Lux），因为它是在名叫吕克斯的电影院门前发现的。为什么罗兰从未产生养一只狗的想法呢？因为一只家养宠物会带来许多可怕的"管理"问题。

"那里也有花草；我很想但又害怕在返回于尔特之前买许多东西，因为我最终将住在于尔特，我只为一些'业务'和'采买'才来巴黎。"他已经不喜欢在巴黎的生活了：上午勤奋耕耘，"下午去看牙医"，晚上"一无所获"。逃离巴黎，到于尔特去，靠近妈姆。问题是，这种前景使他"很 *174*

想，但又害怕"。在那里，他可以完全投入文学之中；在那里，他会更觉得自己是一个活死人。

"关于摄影展览：由于我在变老，我就越来越敢于做我感兴趣的事情，在很快转了一圈之后，我悄悄溜走了。"他就是这么直截了当：他写作一本有关摄影的书，但摄影又使他厌烦。最说明问题的是他承认了这一点：变老有时使他敢于说不。"我陷入了一种无益的盲目闲逛之中，从这辆公交车到那辆公交车，从这家电影院到那家电影院。"在这里，需完全靠自我检点。第二年夏天，他写了真正的日记，生前未能发表的日记。我们后来明白了他夜晚"盲目闲逛"都做了什么：不顾一切地寻找阿布杜。当他解释这种盲目闲逛是"无益"的时候，必须理解为他没有遇到合适的人。

"我都冻僵了，我害怕得支气管炎"：他一直生活在脆弱的肺部的威胁之下。一个正在变老的男人，情绪沮丧，体质虚弱，不顾损害健康，同时寻求一种姐妹心灵和一副兄弟肉体：罗兰的那个晚上，具有一种感人的特征。"为了结束，我去花神咖啡馆暖了暖身子，并吃了几个鸡蛋，喝了一杯波尔多葡萄酒。"有花神咖啡馆，该是多么幸运啊！罗兰几乎每天都去那里：喝点开胃酒，来一份快餐或要一杯餐后酒。晚饭之前，他喝普尔多酒（porto）或赫雷斯白

Les derniers jours de Roland B.

葡萄酒（xérès）来开胃；晚饭之后，他喝一杯伏特加；晚饭之中，作为法国西南方的人，他喝波尔多红葡萄酒。

遗憾的是，4 月 23 日这一天，一切都搞得一塌糊涂，甚至在花神咖啡馆里也是如此："倒霉的一天：公众乏味且傲气十足，没有一张脸让人有兴趣，或者让人魂牵梦绕、浮想联翩。"一位经常因工作关系与罗兰在波拿巴咖啡馆会面的大学老师，那天就坐在离罗兰几十米的地方，小声对别人说："花神咖啡馆是有别的用处的。"而罗兰坐在那里，已经陶然若醉。作为帕拉斯剧院的观者和花神咖啡馆的常客，在过去的一些年里，他在这个位于圣日耳曼-德普雷区的圣殿里有过无数次奇遇。那时，他总是落座在靠圣伯努瓦街的一个角落的同一张桌子上，内心自我感受着，并毫不犹豫地与那些小伙子们搭讪。他并非与咖啡馆的所有侍者都维持着非常好的关系。但是，作为这个地方的常客，他甚至认识了一位被他迷住的名叫"雅克先生"的侍者。花神咖啡馆里他感兴趣的那些小伙子，都是表面上有空闲的年轻人。 *176*

比如，正是在那里，他结识了雷诺·加缪。这位小说家当时正与一位朋友喝酒。"我们感觉他当时善意地看着我们。"于是，会话开始了。当时，两位年轻人计划去电影资料馆看一部安迪·沃霍尔①的影片。他们建议罗兰与他们一道去看："这想法太好了，我今天晚上是一个人。"于是，这三个人便一起乘出租车去特罗卡德罗②。

一种友谊产生了，并延续了许多年。在这 1979 年的春天，恰逢罗兰为雷诺·加缪的一部"耸人听闻的"小说《骗局》（*Tricks*）写序，那部小说赤裸裸地讲述了五十余种同性恋关系。那篇序开始于这种令人惊讶的对话："为什么你同意为这本书写序呢？——因为雷诺·加缪是一位作家，他的文本属于文学。但是，由于这本书谈了而且是露骨地谈了性，谈了同性恋，也许某些人就忘记了文学。"

罗兰保护了雷诺·加缪，后者是一位真正的性欲忍受177 者。他自己的方式可以确保他不暴露自己的放荡。毫不惊奇的是，罗兰在《骗局》中所喜欢的是对于"前戏"的描述。人们理解，罗兰曾以他简略的方式激怒了那些同性恋者。

他也是在花神咖啡馆遇到的克里斯托夫·吉拉尔

---

① 安迪·沃霍尔（Andy Warhol，1928—1987）：祖籍为捷克斯洛伐克的美国新潮电影艺术家。

② 特罗卡德罗（Trocadéro）：巴黎 16 区濒临塞纳河的一个地方，那里有为 1878 年世博会而建的特罗卡德罗宫，有法国现代艺术博物馆和电影资料馆，其在塞纳河一侧的对面就是埃菲尔铁塔。

Les derniers jours de Roland B.

（Christophe Girard）。作为东方语言学院的大学生，这位巴黎市长贝特朗·德拉诺埃（Bertrant Delanoë）后来的副手面前有一本日文书籍。"他问我是否在学习这种语言。我理解这是因为我面前有一本《符号帝国》（*L'Empire des signes*）。"他滑稽地讲述着，同时暗示罗兰曾在他最杰出的一本书中写了日本。"他给我他的地址、他的电话，我给他写了便信，他回复了我。"当你是大学生，并且经常出没于花神咖啡馆的时候，与罗兰建立联系一点都不难。"我很喜欢与他在巴黎一起散步，我陪同他到法兰西公学。"当罗兰去买东西的时候，他甚至有了保镖。谈到围绕着罗兰的那些年轻人，一位公学的教授评论说："我很了解他的随行人员。"

在花神咖啡馆，他感觉就像在自己家里，可以躲避外来的干扰，即便他有时也会被纠缠。一位叫帕特里克·莫 ₁₇₈ 列斯（Patrick Mauriès）的乌埃勒街人讲述了他如何"承受着一位美国女人的恳求，这个女人经常在花神咖啡馆里呆一整天，身边带一只京巴狗"。罗兰对于狗的喜爱，不足以使狗的女主人能够取悦他。"有一天，他粗暴地对待了这位美国女人，可是后者却做出一副无所谓的样子。"这个女人是当时"巴黎的一种小小的荣誉，因为她是画家，她是沃霍尔与霍克尼俱乐部（Warhol and Hockney）的成员"。罗兰很想借助于雷诺·加缪来了解安迪·沃霍尔，但却不想通过一位"戴着很大黑色眼镜、涂着深樱桃色口红的"怪里怪气的美国女人来认识安迪·沃霍尔。

还有一天晚上，罗兰在花神咖啡馆受到喝得半醉的让-埃德恩·阿利耶[①]的大声斥责，他在罗兰面前用夸张的语调朗读一篇巴尔特式的旅行随笔。甚至有时，不愉快是由那些青年引起的。一天晚上，另一位罗兰，即叫他失望的密友，在尤瑟夫和其他乌埃勒街的人陪同下到这里来了。罗兰一看到他，就躲了起来，一句话都没说。尤瑟夫费了很大劲，也未能让他露面。罗兰仍然不时地去看另一位罗兰。但是，他不能容忍突然遇到他。

罗兰对 4 月 27 日日记的这一片段下的结论，很让人吃惊："夜晚的可悲失败，促使我最终尝试改变我的生活，这种改变，我已考虑很长时间了。"这是因为那天晚上是失败的，所以他才讲述，而目的在于有勇气"改变"他的生活。他后来并没有改变他的生活。不管他怎么说或怎么写，他并没有准备放弃他的"闲逛"。

_____

　　① 让-埃德恩·阿利耶（Jean-Edern Hallier，1936—1997）：法国作家。

Les derniers jours de
Roland B.

　罗兰·巴尔特最后的日子

21　罗马里克与米里娅姆

取代妈姆吗？取代"无可取代的人"吗？首先，这种　*180*
提出问题的方式就是亵渎行为。罗兰能和一个女人一起生
活吗？这是不可想象的，甚至是滑稽可笑的！一个晚上接
着一个晚上，他所寻找的都是其他东西。在他梦想的对于
他的生活的"改变"中，首先最不可改变的一点是，他也
许能写一部小说，他大概可以为此而离开巴黎去于尔特，
但在六十多岁的时候，他不可能成为异性恋者。

不过，在生命的晚期，罗兰却公开说他热恋一个女人，
甚至要求对方与他结婚。这一令人难以置信的插曲说明了
他的失望之深：为了躲避他的那些"一无所获的夜晚"，他
准备接受一切。这一插曲与他决定到于尔特定居有关：
怎样才能不过分地忍受那里的孤独，怎样才能经营好那里　*181*

的家——对于这个任务，他自感没有准备好。

在巴黎，在妈姆去世之后，他解决了经济预算问题。在一项研究工作期间——这期间是没有收益的，他通过 6 区政府认识了一位做家务的女人。讲述在巴黎找到一位做家务的女人的困难，是他在吃晚饭时谈话的绝妙内容。像从前妈姆那样，她为他煮饭做菜。罗兰一般在外面吃晚饭，但是，他越来越多地请他的客人们到家里来用餐，现在已不需要再考虑减轻妈姆的劳动了。由于公寓房里没有餐厅，大家便在小厨房里吃饭。罗兰通常都是从冰箱里拿出已经准备好的菜肴加热。有时候，他需要自己煎鸡蛋和煮米饭。

在西南方，罗兰也有一位做家务的勤恳女人，她可以为罗兰准备饭菜。但是，一个人用餐，总是一件不大令人高兴的事。在巴黎，他身边有朋友们。在于尔特，他的朋友圈子比较小。他与镇上的商人保持着很好的关系，但除此之外，他只有两个近友：L 医生，他喜欢与这位医生弹奏音乐；还有一位女邻居，妈姆和两个儿子是通过杂货商人认识她的。

米里娅姆祖籍是斯堪的纳维亚，她与当地一位小贵族结婚后搬到了这个地区，但他们已经分手了。在于尔特这个农业乡镇，她处事果断，因为她在拉克（Lacq）附近的

182

Les derniers jours de
Roland B.

煤气公司工作。妈姆非常喜欢这个待人殷勤的女人，她的年龄与罗兰的弟弟一样大。她与罗兰关系密切的表现是，她有时候借给罗兰一辆自行车，或者，为罗兰织一件红色毛衣。他自豪地将毛衣套在司炉工作服外面。

去年妈姆在于尔特的时候，米里娅姆一直都在他们身边。为妈姆做最后的生日餐的也是她：在罗兰看来，整个家庭的生活都是围绕着妈姆和弟弟度过的，米里娅姆就像是一位外省①的表妹。大概就是 1979 年在于尔特，罗兰曾建议米里娅姆与他一起生活。他大概确信，这便是解决方案。米里娅姆当时惊呆了。她对罗兰的性生活心里有数：自从妈姆去世之后，乌埃勒街的那帮人先后来到于尔特。按照一位女朋友的说法，米里娅姆很是镇静，只是感到愤慨。

不过，人们明白了促使罗兰走出这一失礼的一步的原因：在于尔特，他要与妈姆过去喜欢的一个女人一起生活，与她的恩惠结合，生活在她的保护之下。这几乎是一个梦想！何况米里娅姆具有主持一个家所需要的所有品质：她甚至会做胡椒煎鸡蛋，毋庸置疑，这是世上最好的煎鸡蛋。他经常回到巴黎短住，在这期间，他可能还是会"闲逛

183

_____

① 在法国，首都巴黎以外都被称为"外省"。

的"。他真的相信米里娅姆会同意吗？他真的是这样希望的吗？他这样说，完全像为验证事情能否成功而做的一种实验。为什么不马上就像夫妻那样生活呢？他有时对巴黎的朋友说："我所需要的是再晚点结婚。"

他无法忍受独自一人生活，过去一直与妈姆生活在一起。他在法兰西公学讲授"如何共同生活"时，曾大讲特讲与一个人或多个人生活在同一套房子里，但同时保持着个体自由的想法，就像妈姆活着时那样。与米里娅姆在一起的前提是假设在于尔特定居。但是，他更为认真考虑的是在巴黎"同居"。并且，当然，是与他的那些年轻的朋友们。作为最受宠弟子的让-路易，他考虑的是，罗兰与乌埃勒街那帮人一起定居下来。但是，这将可能是爆炸性的：公寓套房过于开放，人们经常在那里聚会，使罗兰不能真正地享受清闲。于是，他选中了罗马里克，他说："他开始考虑我们应该生活在一起。他想离开塞尔旺多尼街，随后找到一处更大的套房。"

由于一直没有从与另一个罗兰的失败关系中真正痊愈，他以自己都有点不知所措的话承认，他很珍惜这位年轻人："罗兰对我一再说：'失望是一种错误。'"这是专家式的言语。他们两人是在70年代中期认识的。开始时，罗兰坦率

Les derniers jours de Roland B.

地表现出了爱慕。罗马里克证实说："我是被他所爱的。"他愿意讲点唱歌的课程。而罗兰给他寄去由他"胡涂乱抹"的一些素描。"他对我说：'这些素描属于喜欢它们的人。'"罗兰甚至自己去写罗马里克应该上交的一篇有关圣物的论说文，结果不太令人满意：10 分，正好是中间分[①]。

当罗兰建议与他一起住时，罗马里克还是一位"老侍从"，他渴望迷住别人，但却完全处于"爱情彷徨"状态。他讲述道："关于激情这种病态，已经属于过去；今后，在我们之间存在着一种很强的联系，我认为是不会受到破坏的。"罗兰与罗马里克在一起时，喜欢"划船"，喜欢在床上看电视。

185

这位侍从被下面的建议惊呆了，他自感没有准备好，而尤其担心罗兰的沉默："我对他的一声不吭感到焦虑，他经常对我说：'如果我不能不与你说话，那么，我还能与谁不说话呢？'我们不需要为了在一起才说话。"这完全像他与妈姆说的话……罗兰后来从未与罗马里克一起住。他独自一人，直到生命结束，仍然是一个人。

[①] 法国的学校采用的是 20 分满分制度，因此，10 分便是中间分，也是"及格"分。

在他去世之后，罗马里克被恶毒地称为"巴尔特的寡妇"，原因是他从不避讳的同居的建议，同时也因为他有着罗兰赠予的数量最多的素描，并且他也不隐瞒这些素描。这些素描，罗兰都不无伤感地在上面写有献词，例如："为了让罗马里克一回到家里就能看到罗兰的彩绘。"

罗马里克一直在搞音乐，罗兰则只是搞些"胡涂乱抹"。如果我们相信一位出版商的话是真的，这便是随俗意识："有一天，在他面前，我惊异地发现他并不画画。所有的大作家都画画或素描。我向他指出了这一点。他显得很惊讶。但是，几周后我再与他见面时，他微笑着对我说：'画了。'"这是他让人明白他今后要"胡涂乱抹"的表示，他在自传中已经发表了几幅素描。

不管怎样，在妈姆去世之后，他不再画了。他过分忧郁，无法再赋兴于"丹青"……只有罗马里克不时地收到一幅很小的素描。罗马里克证实："我与罗兰的关系，对我来说是很值得的，我对别人与他相识更早不无嫉妒，更为自己与之谋面太晚感到怨恨。"他现在的年纪与当年认识他时罗兰的年纪相仿。至于米里娅姆，她已在几年前去世了，并且也安息在于尔特的墓地，距离罗兰与妈姆的坟墓不远。

Les derniers jours de Roland B.

22 "新生活"

8月，巴黎。这是最后一个夏天，罗兰提前从于尔
特回来了。大概，是由于他要把打印好的《明室》的手
稿交给出版社，因为出版时间已经安排在下一年年初
了。他最初是用手写的，上面有很多涂改，然后他亲自
打印好，并做了最后修改。也许是米里娅姆的拒绝，或
者是在于尔特定居的神话的终结，促使他返回到喧闹的
首都。关于摄影的文本最终完成了，他可以想象他的
"巨著"了。

从8月21日开始，他每天都在纸上记点笔记，那是
"新生活"计划的草稿之草稿，是他头脑中想象、构思的作
为对他过去和未来生活的某种说明的"小说"。根据他去世
后在一个红箱子里发现的汇集起来的、打成好几捆的草稿，

去想象这种"新生活"的最后状态，是很困难的：它们大概只是些相互独立的描述在那里并列摆放着，而其总和则有可能描绘出他的形象。

当然，妈姆出现在这些纸页的每一处："序言：哀痛。失去了真正的向导——母亲。"罗兰希望借助于"哀痛日记"打开他的"新生活"。他完全陷入到这种哀痛之中，他打算剖析这种哀痛，以便说出他对于离世的母亲的爱。在《明室》中，他为她写的几页纸仅仅是导论。他还想回头再说。

通常，思想家们都以某位哲学家或某位作家为向导，罗兰却没有向远处寻找。他在 9 月初写道："妈姆的法则，是什么法则呢？"自从失去了情感支柱，他就变成了一只醉舟，成了罗歇·佩尔菲特①《母亲之死》（*La Mort d'une mère*）中的"一个孩子，当我母亲在世的时候，我认为自己就是一个孩子"，他还补充说："遗憾的是，从今天开始，我只不过是一个男人。"

正像一位乌埃勒街的人说的那样，罗兰不过是一个自

---

① 罗歇·佩尔菲特（Roger Peyrefite，1907—2000）：法国作家、历史学家和外交家。

Les derniers jours de Roland B.

我挣扎、面对自己"空荡"生活的男人。自然，他同意讲述情爱带给他的沮丧。他在另一位罗兰身上的失败，已经 为他提供了写作《恋人絮语》一书的素材。他喜欢以叙事的方式来接触情爱。再就是，他进行"无强烈愿望的寻找"、浪荡于"无获而归的寻艳的夜晚"，而在这些之后，他回到家里，却更加孤独、更加不知所措。

罗兰想扔掉面具，想"放弃游戏"，揭示他的自我。"以前没有这样过"：他许诺自我暴露，"决不造作"、不寻求自我"辩解"、不掩盖伴随着他一生而现在又压得他喘不过气来的哀愁——这种哀愁，他称之为"疏忽"，而首当其冲的是"情爱上的疏忽"。

在这些他用手写的、再也不会打印出来的文字中，他不停地参照"1978 年 4 月 15 日的决定"——他在 8 月 26 日夸张地写道："我退了下来，为的是开始写一部重要的著作，它将会是……爱。"对已经不在的妈姆的爱，对放弃了他的那些青年的爱，对他的那些朋友的爱——这是留给他的唯一的爱："我梦想只想着他们。"他希望写写他所喜爱的弟子让-路易，还希望写写他很愿意与之聊天的于尔特面包房女老板。实际上，他想说出生命中的一切，那些小青年，摩洛哥，花神咖啡馆，他与音乐的关系、与绘画的关系、与羊毛衫的关系⋯⋯

一幅整体的肖像。罗兰写了八份"新生活"草稿。没有一份像是真正的计划。9月3日，他清晰地写道："难以辨认的计划。"这些草稿更像是一些要探讨的主题名单。这位片段式写作的专家自感难以应对了。他定位在普鲁斯特与托尔斯泰的符号之下，但却无法掌握小说的艺术。在过去的时间里，他积累了打算用来充实作品的各种有关主题的无数卡片。他在另一处同样清晰地说："所有这一切都意味着放弃叙述'新生活'的稚气打算：这是一心想鼓胀的青蛙的努力⋯⋯"

一位出版商指出："他的书已经写完了，那便是《寻找》。"为了摆脱困境，他必须分割计划，再把计划重新整合成由许多大的片段组成的序列。在整个生涯中，罗兰以他也许首先是音乐人的天分，运笔细腻，擅长改变主题、改变恋情，或者在谈论日本时也不无变化。

甚至在决定进入文学之前，他总是推迟写作可以综合其思想的"真正的书籍"，因为他的思想是一直变化的，是随着所研究的对象和方式发展的。因此，他过去一直不喜欢把自己划归到任何一类，另一位罗兰对别人说："罗兰更

Les derniers jours de Roland B.

愿意成为巴尔特。"① 但是，在他的作品还没有完成、像是"被阉割"的情况下，无人不感到惊讶。

当然，他会投入"新生活"的写作之中。一些弟子认为，这本书已经以卡片的状态存在着了，只是罗兰没有能力对卡片做出分类。在留给他的最后 6 个月里，他很少写东西，也就更没能力去做分类了。他已经是一位体力上疲惫、精神上耗尽的老人了，正在接近他人生的秋天和冬季。菲利普·索莱尔斯证实："结果是令人悲伤的。"罗兰忍受着失眠的痛苦，忍受着夜间突然醒来的折磨，这些都削弱着他。青蛙真的没有力气把自己鼓胀成牛了。

① 请见本书"开头的话"一节有关"罗兰"与"巴尔特"的注释。

23　斯特拉斯堡－圣德尼地铁站一带

　　不管怎样，罗兰还是写了一部分"新生活"。人们就是这样来看待他的《巴黎的夜晚》的，那是他在 8 月底 9 月初，在写他"重要作品"草稿的同时写的。这些私人日记片段对应着那些"一无所获的夜晚"、那些在草稿中提到的文字。这一次，他毫不掩饰地讲述自己，毫不隐藏他对爱的追求。

　　他为什么不在生前发表这些文章呢？他的朋友们在无休止地争论着。《巴黎的夜晚》是在他的出版商朋友弗朗索瓦的提议下，与十几年前他在摩洛哥写的、基本上也是涉及那些人的日记一起出版的。弗朗索瓦以罗兰早已加工过

Les derniers jours de
Roland B.

这些日记，因此他已经准备要出版为理由，来证实自己所做的决定是正确的。罗兰的弟弟抱怨自己被迫做这件事情。某些近友说这是对丧葬仪礼的一种真正玷污，声调最高者当属另一位罗兰，他说这是"死后强暴"。不过，如果把《巴黎的夜晚》看作是"新生活"第一部分的话，毫无疑问，罗兰写下来就是为了让人读的。除了这些争论，文字还勾画出了一个人在步入死亡之前的令人激动的肖像。

当然，《巴黎的夜晚》是在花神咖啡馆开始写的，这是他最喜欢的休息场所。8月23日，他在阅读《世界报》的时候，对两个小伙子产生了兴趣。他写道："两个当中的一个面庞端正，显得俊俏，但指甲很长。"在人身体特征方面，没有任何东西能躲得过罗兰的眼睛。他倾听别人的谈话，很快就能抓住在咖啡馆或公交车里遇到的一些不相识的人的话，这成了他最喜欢的消遣之一。眼下，他邻座的几个人正在谈论电话闹钟的问题。

当然，这第一个"巴黎的夜晚"在地铁里继续着。罗兰被邀请在斯特拉斯堡-圣德尼地铁站旁的餐馆吃晚饭。于是，他乘坐了奥尔良门-克里尼昂库尔门（Porte-d'Orléans-Porte-de-Clignancourt）线的地铁。问题是：有一位"美国乡下风格"的吉他手在车厢里乞讨。罗兰"细心地"选择了旁边的那节车厢，可努力白费了，在下一站，吉他手又到了这一车厢。"看到这一点，我赶紧下了车，上到他刚下来的那节车厢里。"

所有乘地铁的人，为了躲避一位讨厌之人，都会在这一天或另一天采取类似的做法。但是，想象一位已经不再年轻也并非是真正运动员的大思想家，为了避开一位吉他手而从一节车厢跑到另一节车厢，这也是很富喜剧性的事情。他肯定地说："乞讨像歇斯底里症发作或被威胁一样，使我难过。"在这位后期的巴尔特身上（他后来只是写了些文章或序言），表现很明显的是他极端的自由。面对他人的闲话，他已经不需要再做什么事情了。

当然，他提前到了。他看到 104 路公交车来了，他要去阿布吉尔（Aboukir）街，他 20 点 30 分在那里有约会。随后，便是闲逛。就像通常在右岸那样，他自感迷路了："一股夹着暴雨的冷风猛烈地呼啸着，并带起了大量的垃圾袋——这是这个批发加工区的运输残留物。"他感觉"在巴黎的这个小范围里，这个地方就像是纽约的贫民区"。他逛到了近在咫尺的圣德尼街："但是，那里妓女很多，不改变方向的话就无法真正地'闲逛'。"在圣日耳曼街"闲逛"，

并不会给他带来什么问题。他往回走，在一处小三角形广

场的长椅上坐下，那里"很美，但也脏乱"："几个孩子在那里玩球，又嚷又叫；其他孩子们则以相互猛烈地推搡取乐，听任自己摔倒在大堆大堆的纸屑上。我自言自语地说：这简直是一部电影！""这个角落的阴霾之气如此之盛，它使我心悸。"他最终还是回到了阿布吉尔街。

幸运的是，他马上要去塞里西研讨会组织者安托万家吃晚饭，这是他与之维持连续关系的几个弟子中的一个："我们每周在一起吃一次饭，谈话涉及他的工作。"安托万属于罗兰后来邀请到他在塞尔旺多尼街家里的厨房中吃晚饭的那几个人。"如果女佣没有做什么准备，罗兰就买一些简单的东西来吃。"相反，葡萄酒却是高档的：作为西南部的人，他让朋友们喝波尔多葡萄酒，那是一种品牌叫拉朗德-德-波莫罗尔（lalande-de-pomerol）的酒。总是那种酒，而且是安德列城堡酒窖的产品，从生产商那里直接买的……安托万回忆道："罗兰用手抓饭吃，速度非常快。"妈姆已经走了，他吃东西时还是像个孩子。"他有饮食计划，但还是有点饥不择食的样子。他对待食物有点像动物。"

196

几个月前，罗兰增进了他与安托万的友情，直至出席他有关"引述"的博士论文的介绍会。"他当时在听众的第一排，他在塞里西时就读过我的论文。"在1979年的8月之初，两位朋友一起午饭："罗兰经常去于尔特，他的状况确实非常糟糕。他的朋友们并没有意识到他的状况糟糕到了什么程度。"也许，正是这一点促使安托万在 8 月 23 日这一天邀请他吃晚饭。对于这位良师益友，安托万是忠诚的，即便他经常把罗兰说成是"爱发牢骚的老光棍"。

在阿布吉尔街吃晚饭的还有：安托万的女友帕特里西娅，他是在高等实用研究院听罗兰讲课时认识她的；菲利普·R，他曾经在《花花公子》杂志上发表过对罗兰的采访，而且曾在纽约出席过罗兰的生日晚宴。唯一的外人是一位年轻的女子，她"穿着非常合体的长裙，其少见的蓝色之美使我心静，或者说至少使我愉悦"。罗兰竟然被一个女人的连衣裙所"愉悦"！这是非常少见的，值得记下来。

虽然罗兰决定不掩饰任何东西，但他却抱怨起食物："一大盘意大利烩饭，但那牛肉当然是一点都没有烤熟。"尽管如此，他"因为有朋友在"而感觉"非常良好"。谈话的内容是什么呢？"我们谈到了他所谓的'平庸小事'（'在英国维多利亚火车站，我遇到了一位说法语的西班牙人'），我们对于这个概念的定义很感兴趣，并争论不休。"我们已经注意到，罗兰不喜欢古怪的故事。"平庸的故事"更适合

Les derniers jours de
Roland B.

他的思想形式：这些并非真正古怪的故事，它们通过智力至上这个特征而与格言合为一体。罗兰喜欢引用一位历史学教授的话："人们都说一件亨利二世橱柜，两件亨利三世橱柜。"

当然，他总是第一个离开。但是，我们无法不对他有所挂牵："我当时很想去厕所，由于担心找不到出租车而必须乘地铁，我进了那条街上的一个酒馆，对面就是圣德尼。"大概，他也向流连于堕落地点这个爱好让步了。他并不失望："在一个角落里，我刚推开洗手间的门，就看见靠门的一个角落里有三个看不清的人（半男，半女）正在谈论一个马赛的妓女（按照我所听懂的）。酒吧的堂倌和老板娘，有些粗俗、疲倦，但热情不减。我自言自语地说：这倒霉的职业！"

回到家里，他就打开法国音乐台。罗兰就是整天处在 *198* 从一个腐烂的停泊地斯特拉斯堡-圣德尼一带到为音乐迷而设的电台的现在状态的转换之中。他声称，相对于音乐，他更喜欢由有着"一副他非常欣赏的嗓音和语调的"女主持人"富有生气地播放的平庸故事与自我吹嘘内容"。躺在床上，他翻看一本有关施虐和受虐狂的书籍的前几页，他细心地为这本书包上了不透明的书皮，为的是不让做家务的女佣发现：她不能在这个居民区散布他在看这种书的消息。罗兰在思考他对此可以说的话："只能说：嘿，嘿!"不能使出版商朋友弗朗索瓦不高兴，是他给罗兰拿来了这本书，而他更喜欢温柔的爱。

24　埃利克与克洛德

　　第二天，百分之百还是去花神咖啡馆。在这个 1979 年
的 8 月，圣日耳曼-德普雷街的这处标志式咖啡馆，仍然是
他的世界的中心。除安托万之外，还有另一位平心静气的
弟子埃利克。两个人是在三年前的一次博士论文答辩会上
认识的。首先，罗兰主动联系了这位戴着金黄色耳环的美
男子。埃利克至今还保留着对他们初次见面的沉重记忆，
原因是他们无法交流。为了打破沉默，埃利克以"那么，
我来说……"这样的话来开始他所有的分析。罗兰从他口
袋里掏出了一个螺旋式装订的小本子，在上面写了几个字。
埃利克还不了解这种习惯，便猜想他记了什么。几个月之
后，当他在法兰西公学听课的时候，他听到罗兰说："我有
一位朋友，他总是以……来开始他所有的分析。"

他们的第二次见面仍然是很沉重的。埃利克回忆道："无法进行对话。"尽管如此，他们还是成了近友："我们一起弹钢琴，他带我去阿泰内（Athénée）剧院听音乐会。他具有作为思想家的影响力，我当时只有 20 岁，这简直太不真实了。"罗兰很关心埃利克的教师学衔考试："当我书面考试合格了，他就带我去雷卡米耶餐馆吃午饭；当我口试合格了，他就带我去吃晚饭，喝香槟酒。他对我感到满意，也对信任我感到快乐，而我那时还是个年轻的大学生。"罗兰为罗马里克写过推介文章，出席过安托万的博士论文答辩会，在埃利克的教师学衔考试中给予支持：他非常关注他的几位年轻朋友。他成了一位真正的母鸡式"母亲"。埃利克评价说："简单地说，他很好。"

8 月 24 日这一天，他们一边吃着"绿霉奶酪①、鸡蛋，喝着波尔多葡萄酒"，一边"稍微"讨论了一下。说"稍微"，是因为按照罗兰的习惯，他为了维持会话，不会做任何其他事情。埃利克写道："弟子只有一件事要做：到场，向老师讲述他的生活，透露一点他的内心世界。"罗兰总是

---

① 绿霉奶酪（francfort），亦称法兰克福奶酪：一种内里有绿色有益霉菌的奶酪。

Les derniers jours de
Roland B.

留意大厅里发生的事情。遗憾的是，没有"任何人可留住
他的目光"。糟糕，一个"令人讨厌的人"出现了："一位
花白胡子的阿根廷人"再一次邀请罗兰去讲学，说"到了
他的传播学院后，他报销所有的费用"。罗兰想到了"要与
这个人在布宜诺斯艾利斯吃好几次晚饭的烦恼：必须用英
文沟通"。埃利克后来写道："巴尔特的烦恼像他的母亲，
也是他生活的中心。"

　　罗兰从纽约逃了回来，当时，他寄希望于说法语的几
个朋友。现在，他不能在一位英语说得别别扭扭的阿根廷
人的邀请之下，就去布宜诺斯艾利斯：按照安托万和其朋
友们的时髦用语，这就像是一件"平庸的小事"。他越来越
倾向于根据一种单一的标准来做出反应了：去消遣还是自
寻烦恼？在沉默良久之后，罗兰告诉埃利克，他将把一篇
即将发表的文章题献给他。这个弟子受宠若惊。罗兰写道：
"他自发的快乐使我感动：晚上的小小愉悦。"他越来越无
法感受大的愉悦了。

　　从花神咖啡馆出来后，两个人走进了雷恩街
（Rennes）。埃利克"对于那里有那么多英俊的青年感到惊
讶"，而罗兰表现得"更为保守"。这便是困难之处！圣叙
尔皮斯（Sainte-Sulpice）广场，那是了解密情很方便的地

方：埃利克肯定地说，尤瑟夫伤害了罗兰，因为尤瑟夫告诉罗兰一位乌埃勒街的人对他进行了诽谤。罗兰指出："这是尤瑟夫操纵的关系网中的一件小事。"他鄙弃人们告诉他有人说他不好：他不赞成尤瑟夫这位"看门人"如此对待埃利克。

他尝试阅读刚刚出版的小说，但这就"像是做作业"。于是，他便回到了"真正的书籍"：《墓中回忆录》①。时间长了，他只看重古典作家。"总是这种想法：如果现代人搞错了呢？如果现代人里没有天才呢？"如果这种想法是正确的，那么，他自己就"错大了"：因为他全力支持新小说。

第二天，他约定他的晚餐饭友们到波拿巴咖啡馆，这是他喜欢的另一家咖啡馆，坐落在圣日耳曼-德普雷广场北侧街面上。这表示这是一次工作晚餐。他提前到了，为的是稍做休息。不巧的是，一位他认识的年轻的"贫困之人"走近了他。罗兰指出："我讨厌这种突然的会见，因为我喜欢一个人待在咖啡馆里，看看这，看看那，思考一下我的工作。"由于经常出入花神咖啡馆和波拿巴咖啡馆，他无法

---

① 《墓中回忆录》(Mémoires d'outre-tombe)：法国古典浪漫主义作家夏多布里昂 (François-Renédé Chateaubriand, 1768—1848) 的作品。

Les derniers jours de Roland B.

避免这种邂逅。但是，在一些不太时尚的咖啡馆里，他又很难征服别人。

罗兰在听"贫困之人"的抱怨："他放弃了他的公寓套房，而住进了另一个人的套房。他希望有一点绘画的空间；然而，那个人神经不正常，这使他的生活啼笑皆非。——他多大年龄？——24 岁，画家。——他勾引你？——不，准确地讲，他是疯子。"不论他说什么，罗兰感兴趣的是谈话。按照 BHL 的说法，他"是捕捉生活的人"。这位"贫困之人"的生活是相当动人的，但这是一种生活……

此外，罗兰接着说："从像是一位任人差使的奴隶的一种发狂的、整体的和毫无条件的要求之中，我感觉他非常艰难，这使我有点兴奋。"对于他来讲，进行施虐受虐并不是陌生的。他会为这位贫困之人所动吗？"我约束了自己，那样做就是疯子。"罗兰抱怨他最初与之建立关系的那些基本正常的人们的过分要求。他这么做不是为了摆脱有问题的人；罗兰是有些兴奋，但不是疯子。

尽管下着雨，但克洛德穿着"毛衣"来了，他在罗兰的出版商那里工作。两个人"无休止地"在去哪一家餐馆的问题上犹豫不决。"他让我自由挑选。可是这种自由总像是一件令人讨厌的礼物，对此我不知该怎么做。"他的食客 204

们都还记得，由于罗兰永远是不确定的，所以他总是最后服从他们的选择。

克洛德对他说："在公学附近，有一家以肉为主菜的餐馆；尽管这一想法让我反感，而且我担心那里人满为患（这是我在餐馆里最不愿意的事情），但是，我非常想在雨中走一走，以至于我宁愿餐馆距离比较远，为此，甚至需要开他的车前去。"幸好，那家餐馆关门了。"那就只好去博芬热（Bofinger）餐馆了，这是我内心从最初就希望的事情，因为我现在很喜欢这家餐厅，它很好，却也很贵。"这种对于博芬热的"嗜好"一直伴随着罗兰，一直到他生命的结束：他最后一次在那里吃晚饭，是出车祸的头一天晚上，当时他与他的弟弟、尤瑟夫和让-路易在一起。在博芬热餐馆，他尤其喜欢水田芥沙拉和煮蔬菜，但还不止这些。他在日记中承认："餐馆总管叫我的名字，这使我受宠若惊，也让我感到局促不安。"他更表现为前者，而不是后者。虽然他讨厌被人认出和在街上被人搭讪，但他喜欢在餐馆里人们以与他身份相宜的方式对待他。一个近友解释说："在他看来，堂倌们的热情中没有任何要求。"

205

克洛德讲述着他的土耳其之行。罗兰还算注意听："按照我的理解，他有好几夜都是在汽车里度过的，清晨时到

Les derniers jours de
Roland B.

达了一些不知名称的城市，20天跑了11 000公里，这在我是做不到的。"他又在思考别的："从一开始，我就想跟他谈一谈我的工作难处。可是，就像以往一样，每当我考虑说点什么事情的时候，我就很清楚其结果如何，于是我便什么都不说。最后，我只好用一句话草率地结束想要说的事情，那件事本可以引起一次长长的谈话。"罗兰已经不能说他很喜欢博芬热餐馆了，已经不能探讨他想说却说不出的话题了。

然而，罗兰的"工作难处"在折磨着他。对于这部"整体小说"，他把水准定得很高——实在是太高了。

25　小告示

　　幸运的是，有菲利普·索莱尔斯。有了他，罗兰不需要费心思就可以提及他的"工作难处"。8 月 26 这一天，两个朋友约在塞莱克特（Select）餐馆见面，因为圆屋顶饭店那天关门了。这表明罗兰世界的窄小。像花神咖啡馆一样，塞莱克特餐馆也属于圣日耳曼-德普雷大街的著名景点，但是他在那里感觉不好："露台上人太多了，这家咖啡馆不合我意，这也许是因为不习惯。"与博芬热餐馆相反，他在这里很难吸引那些侍者的注意力。

　　两个人去拉·罗东德（La Rotonde）饭店吃晚饭，落座于一处隔开的地方："我们谈夏多布里昂，谈法国文学，而后谈到色伊出版社。和他在一起，我总有快乐、想法、信任和工作激情。"快乐！但愿不会使他的那些年轻的同性

Les derniers jours de
Roland B.

朋友不高兴：罗兰竟然喜欢与这位异性恋的王子一起吃晚
饭。那天晚上，他感觉非常好，喝了"一种酒，吸了两支
雪茄"。他说这种想法是"古怪的，很不平常的"。后果很
快就出现了："胃相当疼。"塞莱克特餐馆，酒，一切有悖
习惯的东西都留在了他的胃中。

第二天，在雷恩街，大约下午六点半的时候，发生了
一件小事：来了"一位新的年轻人，披头散发，戴着细细
的耳环"。罗兰与他搭讪。他叫弗朗索瓦，但是"旅馆都满
了"。这次相遇令他很愉快："我给了他钱，他向我发誓一
个小时后再与我见面，自然，他没有守约。我在想我是否
真的做错了。要是别人知道了，肯定会大声喊叫起来。"这
位朋友叹息道："罗兰被他们耍弄，他们毫无顾忌地打
击他。"

8 月 27 日，罗兰仍不在意这一点："我自言自语地说，
因为从内心讲我并不真正需要他，所以结果是一样的。睡
觉与否，在晚上 8 点钟的时候，我都会重新处于我生命的
同一定点上，只是眼睛的交会和话语的搭讪刺激了我的欲
望，我购买的正是这种快乐。"罗兰永远是轻触型同性恋
者。对于他来讲，重要的是划分他的疆域：他认识圣日尔
曼杂货店这一带的所有青年男子，这个新来的，只不过是

一位新入伙的人。

当然还是去花神咖啡馆吃晚饭。这一次，不需要说出他的食客们的姓名。这也许是因为罗兰把他用餐的主要时间放在了征服一位新人身上了："又有一个天使般的人。他中分头，头发长长的，不时看看我。他敞开的洁白的衬衣吸引着我。"是什么促使他断定这是他的同类呢？"他两手粗大，这与他其余方面的温柔和纤细大相径庭。"手是不会撒谎的。当年轻人起身要离开的时候，罗兰拉住了他，"模模糊糊地约定再见"。毫无疑问，这位"使他的晚饭富有情调的"小青年也不会按时赴约。

三天之后，于尔特的一个晚上。在巴黎，他晚上在花神咖啡馆征服；在于尔特，他晚上都看电视。8 月 30 日这一天，"卧在一张单人沙发里"，吸着一支雪茄（这是唯一与在巴黎相同的一点），他在看一个电视节目，该节目里"有许多音乐，为的是不让人厌烦"。他的弟弟与弟媳拉歇尔来了，"因为天气似乎很好"。罗兰非常不喜欢被人打扰！"我首先很烦恼：他们没有一分钟不问这问那，虽然是为我好。"即便是在家庭范围内，他也不可能悠闲地看电视。自然，出去的那个是他，出去后，他又"后悔对弟弟表现出不高兴"，这个弟弟"是那样可爱，那样天真，那样对好的东西感兴趣，就像妈姆过去那样"。

罗兰抱怨弟弟提一些过分要求，但是，他绝不对他发火。他们是一个妈姆生的。实际上，傍晚是"非常美丽的，几乎是超乎寻常地美"，这种美丽又使他陷入忧伤之中："可我却满心悲苦，几乎是充满失望；我在想念妈姆，想念不远处她所在的那个坟地。"1977年，妈姆在于尔特的最后一个夏天的时候，他因为妈姆的病情而满心悲苦；在这个1979年8月的晚上，他"因没有妈姆而满心悲苦"。罗兰是怀着"满心悲苦"度过了他最后几年的。

现在，他忍受着"梦幻膨胀"，而又几乎确信"永远不可能将其表白出来"，因此更为苦恼。他不再浮想联翩：他的小说计划属于海市蜃楼。妈姆去世了，而他从未开始写他的那本书，他没有离开《明室》中描绘的那副小小的相貌。妈姆，是他为摄影而写的一本书中的悄悄过客。现在，他待在阿杜尔河岸边，为他"在巴黎、在这里、在旅行中"感受不佳而"失望"：他"没有真正的庇护之所"。

他当然还有朋友：9月1日，他回到巴黎，与乌埃勒街那帮人一起吃晚饭。尤瑟夫还没有从突尼斯回来，让-路易破例地当起了大厨。罗兰说"牛肉烤得太熟了"。他的弟子们都明显地在烤牛肉的生熟程度上有自己的标准。在安

210

托万看来，牛肉不太熟，可是让-路易认为过火了。今天，这位被偏爱的弟子对于这种不成功的烧烤表现出负罪感。说真的，只有妈姆和尤瑟夫能像样子地烧烤。一位年轻人微微有点醉意，说话也多："过了一段时间后，我理解，这或多或少是为了吸引我注意。"罗兰既觉得受到了吹捧，又有些尴尬，毕竟围着餐桌吃饭的，还有他过去的同伴。

由于身体欠佳，他比往常更早地离开。年轻人们坚持要送他："在电梯里，我拥抱了他，但是，或许因为这不是他的'类型'，或许因为这其中有一种迟疑，他只是淡淡地回应。"一种勉强草草建立的关系又一次流产了。他写道："我叫来出租车送他回去，我抓住他的手，一直到克里希"，为此而"穿过了整个巴黎"，他想以此来说明他有多么孤独。他拉着那些年轻朋友的手，而没有任何人拉着他的手。

躺在床上，由于太"累和恼火"，他很难埋头去读一本书，于是，他便浏览《解放报》（*Libération*）和《新观察家》杂志上的那些告示栏。尽管他一直追寻现代性，但他喜欢 1968 年 5 月后得到很大发展的"关系"告示。在几周之后，他注意到了一个访谈："在《新观察家》杂志里，由于使用了有点考究的隐喻，那些要求是经过反复推敲后表露出来的：年轻的狼追寻年轻的母猫……在《解放报》中，

Les derniers jours de
Roland B.

没有这种沟通上的庸俗的讲究：人们感觉是在阅读一部破碎的小说，而且正是这种荒诞的内容读起来令人快乐。"

在爱情方面，他更喜欢那些初恋者，由此产生了对于告示的兴趣："这是通过句子进行的某种寻找：如果与一个小告示的发送者建立起联系，如果因此而可以与未知的某人相遇——乐趣正在于此。"他自己与一位发送者建立了联系了吗？这是可能的：他是那样渴望结识他人。人们都在想象别人的惊喜：面对一位当代明星！可以确信的是，他曾为《解放报》写过一个小小的告示，那是出于与雷诺·加缪开个玩笑。文字是这样的："一位严肃的先生，经济状况很好，寻找一位年轻人……"他把告示发出去了吗？匿名是有保障的，他准备应对一切，以摆脱他的孤独。

同样确定的是，一位乌埃勒街的人那年夏天与他开了个玩笑。在于尔特期间，他给《西南部报》以罗兰的名字发了一条征婚告示，结果，罗兰收到了一定数量的"成熟女性"发给他的结婚请求。在路易家吃晚饭的时候，罗兰问是谁发的这条告示。一位食客讲述道："他当时或多或少怀疑我们所有的人。"做错事的人一言不发。乌埃勒街的那帮人对这位"妈咪"不肯服软，有时甚至……

但是，为什么不能取笑他的多愁善感呢？后来，他承认被一则"告示"所感动，这则"告示"提的问题是："谁带我离开一周？"罗兰明确指出："这则告示比更为明白的一则报价告示更触动我，其中有着对于旅游的梦幻，它唤起我某种兴趣。"糟糕的是，9月1日这一天，他躺在床上，没有任何发送者让他魂牵梦萦："说真的，没有任何让人感兴趣的东西，没有任何使老年人感兴趣的东西。"他的弱点正在这里。他自感老了。他最终老了。

213

Les derniers jours de
Roland B.

26 从小青年到小青年

9月2日，他没有去花神咖啡馆，而是坐在了刚刚重
新开张的双叟咖啡馆里。他也没有阅读《世界报》，而是在
浏览帕斯卡尔的《思想录》。自然，他也注意着餐厅里发生
的事情："不远处，有一群人很兴奋，我已见过这种发狂的
时尚。"雷诺·加缪来了："浑身是蓝色，衬衣上印有眼睛
图案。"他写道："由于这种时尚所带来的轻微不悦，我不
知道是否还有其他更具讽刺性的东西。"罗兰无法接受讽
刺，因为他对此怀有敌意。

罗兰与头一天晚上在让-路易家里见过面的一位旧友有
约。他建议到花神咖啡馆吃晚饭，但是，这位朋友拒绝了，
为的是不让人看到身边有罗兰，"也就是说不愿意充当被收
养人，因为年龄差距太大"。他们便去圣日耳曼街的另一家

酒馆。他们之间的破裂是最近的事情。但是，这位前朋友后来便与另一位青年一起去耶尔（Hyères）度假了。巴尔特便激动起来："出于恼怒，出于宽容，出于命定，出于领主的夸口"，他一定要他的食客们找回他的这位朋友。

所以，在 21 点的时候，他还是孑然一身，加上他为没有通知这位前友人他放弃与之见面而十分不悦："但是，怎么对他说呢？以……为借口不再见他，会不会是卑鄙的呢？"他总是表现出作为领主的派头。不过，他喜欢"用所有这些失败结果"来装点他的生活。他不仅从失败到失败，而且带着这些失败一起前行。

罗兰来到花神咖啡馆，带着帕斯卡尔的《思想录》和他的雪茄。一位头发金黄的小青年坐在了他的位子上，他是一位马赛人，"过于百姓化的一个人"，他"不大会介绍自己"。罗兰由于封闭在自己知识分子的圈子内，他只有两个渠道与百姓接触：于尔特和那些青年。这位马赛人"身处困境之中：我感觉到他非常忧伤；他在军队干过，没有住房，轮换着住在一个个伙伴家里"。罗兰很愿意听到他说自己不是完全令人厌恶的。但是，这位对话人有着"小青 年的典范话语：每当我坚持让他说出他并未准备与我一起走时，他都回答：我随时有空"。

Les derniers jours de
Roland B.

这些"失败结果"在折磨着他：由于情况越来越是如此，他常常夜间醒来，"痛苦而悲伤地思考着"他最后的人际关系。在 1979 年秋天开学之际，他显然正经历着严重的抑郁。今天，他处在抵抗抑郁的状态之下。甚至，写作对于他来说也都是困难的。当然，他在花神咖啡馆有约，但是，时间还未到。

于是，他偷闲跑到右岸，到歌剧院广场的一家咖啡馆的露台上去看《世界报》。他抱怨返城的汽车多了起来："已不再有我在 8 月份享受过的一个夜晚的那种清静。"在离他的桌子不远的地方，有一个小青年（gig）——他甚至不肯花力气写成 gigolo，罗兰以前曾经在路上遇到过他。"这位脸色苍白、身材修长的人"，"不无苦恼"，他今后将在大陆旅馆（Continental）工作。罗兰探问："还好吗？"他想问的是客源。小青年误解了，他回答了旅馆的情况："不太干净，尽管装潢很现代。"

在花神咖啡馆，罗兰又见到了出版商朋友弗朗索瓦，旁边是他的伙伴塞维罗。在这两个人中，通常是塞维罗选择餐馆。但是，罗兰在这个时期喜欢的是博芬热餐馆。于是，他们开车去了巴士底狱（Bastille）。出来的时候，弗朗索瓦表现得"过于庄重、过于造作"。罗兰评论说："我总

217

是害怕他们，要知道，他马上会像一位多情的律师那样兴致勃勃地来谈论我，而我则立即感觉自己变成了一个逃跑的孩子。"弗朗索瓦在这个圈子里是特殊的：他与罗兰岁数相仿，而且 25 年来一直是罗兰的出版商，他有时甚至责骂罗兰，一位乌埃勒街的人肯定地说，罗兰"有点怕他"。

眼下，弗朗索瓦不满罗兰对于自己让他看的那本受虐和施虐小说的反应："这个领域是我绝对不会接近的。"弗朗索瓦认为，罗兰有一天应该说明他的欲望所"拒绝的部分"。这位"逃跑的孩子"对此极为恼火。首先，罗兰指出："如何解释并不存在的东西呢？我们只能去注意。"其次，"这种把受虐和施虐搞成规范、搞成正常的潮流"使他泄气。在他身上，存在着某种受虐和施虐的成分：他只热恋那些不可接近的年轻人，与那些在漂游中抓住他的小青年有来往。但是，他的欲望是轻浮的。难道他是受虐和施虐的"妈咪"吗？这种想法太怪了！

三个人回圣日耳曼-德普雷街。罗兰的胃再一次疼起来，他指出："我曾经捧过博芬热餐馆，同时也说过，为了不患病，就要去好的餐馆。"他不仅沮丧，而且越来越多地忍受着损害其生命的小病痛。尽管如此，"夜是温柔的"，他看见"到处都有年轻人"，他"很想散散步"。但是，在

Les derniers jours de Roland B.

车开到临近塞尔旺多尼街的时候他"极力""停下来",因为有弗朗索瓦和塞维罗两人,他"从不这样做,而且,人的习惯有点像是一种超我"①。

一个如此平淡的夜晚,结果也并不太好:"我独自返回住处,一次古怪的口误使我很难受。我顺着楼梯上楼,没留心走过了楼层,就好像我返回我们在六楼的房间,就好像从前那样,也好像母亲正在等待着我。"不过,在生命的晚期,罗兰越来越觉得爬楼梯困难,他几乎不再去"储粮顶仓",也就是他过去在七楼的办公室。但是,他始终不喜欢三楼的这间屋子,因为他感觉像是在避难,住在这里,就像是与离世的母亲隔开了。

他花了 4 天的时间恢复健康。4 天之后,他重新拿起笔续写《巴黎的夜晚》。9 月 6 日,人们又一次在花神咖啡馆见到他,他自然而且当然是疲倦的。这种疲倦再也没有离开过他。今后,一切都在消耗着他。从他向一位年轻的小说家解释他手稿中的毛病就能看出这一点:"我艰难地、尽量节省气力地讨论,也许是因为文本和尽管漂亮但非常

---

① 超我(le sur-moi):弗洛伊德有关心理机制的第二理论体系中的一个阶段,它与"本我"、"自我"共同构成这一体系的三个方面。"超我"是"自我"的判官,属于道德意识领域。

压缩的类型都不能使我兴奋。"一位罗兰认识 10 年的摩洛哥小青年突然出现了，他们只要见面，小青年"就会恶语伤人"。由于这个小青年"需要叙述一个令人头疼的遗产继承的故事"，他便"索性坐在了我们的桌子那里，为的是悠然地讲述他的故事"。显然，罗兰极力反对，他说："正是这种没有礼貌赋予了我拒绝的勇气。"这在花神咖啡馆引起了轰动："小青年大为恼怒，他把椅子猛然一推，突然离开了。"在场的人相互交换了一下眼神，毫无疑问，这短短的几秒钟，罗兰就有点难以应付。

那天晚上，罗兰在他比较喜欢的俗称"图尔弄街（Tournon）小个子华人"的一家餐馆吃晚饭，与他在一起的是一位近友和一位新结识的意大利伙伴："开始时没有什么，但是，由于他身体干净利索，我慢慢地对他产生了兴趣。"手与前胸首先吸引了罗兰的目光："欲望的三人小组注定地形成了"，而在此之前，他的朋友"已通过其选择，指定了我应该对谁感兴趣"。

欲望的三人小组：受虐和施虐是与他无关的，也不存在三人的性关系。他的两个最好的朋友尤瑟夫和让-路易与一位年轻的诗人保罗组成了三人小组。罗兰在其他地方就称呼他们为"三人小组"。他本人并不期待三角关系。勒内

（René），一位年轻的弟子，他回忆起在"图尔弄街小个子华人"饭馆吃晚饭时的艰难情景。他的对面，坐着罗兰与另一个罗兰，尽管《恋人絮语》的出版引起了不愉快，但后者继续与其维持着合作关系。勒内说得很明确：那天晚上，另一个罗兰在尽力引起他的注意，而罗兰由于很高兴充当调停人，便想方设法让勒内上了钩。这位弟子一想到这件事情，就感到隐痛，他说："我很怨恨罗兰。"

对于罗兰来说，只要让他与一个女人在一起吃晚饭，便无任何内容可讲述。他9月7日的日记是《巴黎的夜晚》中最短的一篇。不过，他在奥德翁（Odéon）附近的帕莱特（La Palette）重新遇到了一位女友——埃德卡·莫兰的妻子维奥莱特（Violette）。维奥莱特曾经帮助他找到了一位女助理护理，来照顾当时已不能单独待着的妈姆。但是，罗兰对于这次在帕莱特的晚饭只记下了有一个黑人在场，"他独自一人，很干净，沉默寡言"。他延长了晚上在"令人不悦的"花神咖啡馆的时间。一个"有点瘦小"的人前来纠缠他，他抱怨说自己难以安静地阅读报纸。而且，就连拿住报纸都是困难的，因为，每读一行，这位不幸的人都会汗流浃背。

221

27　下午之爱

　　巴黎的一个下午。正值周末，罗兰安排了一点时间："因为时间和欲望而进行某种变样的猎奇之旅。"难以满足是他使用的词：他有过多次的"失败"，但却总需要"接触"。这天是 9 月 8 日，星期六，他朝 11 区走去。目标：伏尔泰大街的第五浴池。到了那里，失望："没有人：没有一个我认识的阿拉伯人。"在罗兰看来，巴黎就像塞纳河上的丹吉尔。在圣日耳曼-德普雷街，他找阿布杜，而在伏尔泰大街，他追寻其他的阿布杜。

　　在这第五浴池里，出现了一件"意外事情"："一位阿拉伯人对欧洲人感兴趣。显然，他不是要钱，而是接触欧洲人的臀部，然后转向另一个；人们不知道他想干什么。"

罗兰这样评论："纯粹反常的是：一个阿拉伯人，不仅自己有阴茎，还需要他人的阴茎，这是自我中心的表现。"罗兰的那些朋友对于发表《巴黎的夜晚》感到惊讶。即便是最密切的朋友，都不知道他会去巴黎东边可怜的浴室。他的出版商朋友弗朗索瓦这样说："这是他的生活中不为人所知的部分。"

只有尤瑟夫知道问题出在什么地方，因为他的角色之一就是帮助罗兰"管理自我的一些小乐趣"。他确认："他经常光顾阿拉伯人大浴池和桑拿馆。"第五浴室是附加的去处："我当时想去蒙特马尔找一个小青年；也许因为这一点，在这种自欺心态的作用下，我在伏尔泰大街一无所获。"夜晚来了，他又一次失望："任何收获都没有，有流言说必须在晚上 5 点之前出现。"皮加里（Pigalle）这个乌烟瘴气的地方的流言飞语竟让罗兰听到了。

在此期间，"一位大个子、金黄色头发、面部细嫩、有点古怪的人出现了"。突然，又来了许多人："一位英俊的摩洛哥人正好露面，他看了我好长时间。"这太晚了。"他在餐厅里等我下楼。"在对于这一插曲的叙述中，罗兰比其他日记中表现得更大胆。他没有讲述他与这位"高大的金黄色男子"更多的事情，他只满足于提到他"很温柔，很朴素"，而且在离开时显得"轻盈，相貌不凡"：这就很

224

值得乘地铁走遍几乎整个巴黎去寻找。

　　有时，他感到满足了，便忽视那位"英俊的摩洛哥人，罗兰似乎让他有点失望了"。罗兰对他肯定地说，第二天即星期天再来。玩闹的阶段过去了，古怪爱好的阶段开始了。罗兰不仅着迷于小伙子们，而且，他还疯狂喜爱座钟、闹钟、气压表和其他测量器具。不要对他经常提前赴约感到惊讶！在妈姆去世之后，弟弟不再经常去塞尔旺多尼街的三楼，在罗兰去世的第二天，他惊讶地发现房间的橱柜里有数不清的闹钟和气压表。

　　这个星期六，为了"去检查气压表压力"，以便调整一只新的气压表，他竟然可以在拉普（Rapp）大街那里"麻烦地换乘"地铁。他的下午肯定不像夜晚那样"一无所获"。与正在走动的气压表待上一会儿……所以，罗兰变得有事干了。他约几位朋友吃晚饭，也就是从突尼斯回来的尤瑟夫、让-路易，还有其他人。他通常是与朋友们在一起度过周六晚上。但是，由于这个周六他有时间，他便决定改变他"计算快乐与飘悠的习惯"。

　　于是，他出门去看"大龙影院的新片"。"像往常一样"，他"悲伤万分"。但是罗兰出入大龙影院，既是为了看观众，也是出于喜爱第七种艺术。遗憾的是，他不敢和

Les derniers jours de Roland B.

225

他的临座搭讪:"莫名其妙地担心被拒绝。"所以,他消沉了下来:"随后,我又后悔这种污秽的插曲,而在这种插曲中,我却每一次都表现出我的快乐。"也许,他应该抓住他在皮加尔的那个有价可谈的交情……他与尤瑟夫和让-路易在一起感到安慰:那是"一种友爱的时刻"。

一如他所表达的意愿那样,他第二天是否去皮加尔找那位"英俊的摩洛哥人"了呢?我们不会知道。他在那天下午到了花神咖啡馆,轻松地翻阅着帕斯卡尔的《思想录》。他认识的一个小青年来了,一贫如洗,来到他的餐桌前喝一杯柠檬汁,"因为他胃疼,这一次是由于吃了太多的三明治,也或者是由于一天当中什么都没有吃"。

这个周日晚上,罗兰与让他最为失望的另一个罗兰有₂₂₆约。没有什么可惊讶的,他们决定去博芬热餐馆吃晚饭。但是,外面下雨了,"自然,没有出租车"。在这一点上,巴黎没有什么变化……没有什么可惊讶的,他们决定去"图尔弄街小个子华人"那里。另一个罗兰身体不是很舒服:"自然有些怪诞",他"似乎身心疲惫,那天晚上拖得很长"。没有什么可惊讶的,在这种情况下,罗兰厌倦了。他的所有食客都记得那些沉寂寡言、毫无生气的吃饭场合。一位异性恋弟子回忆说:"大伙儿一句话不说。在罗兰盯着那些男侍者的时候，我则贪婪地看着那些女侍者。"

眼下，他对邻桌的人感兴趣："一位富态的小个子黑女人"，而那位小个子的越南侍者对其不断地极力奉承，还有两个法国人在那里"谈论着网球"。没有任何东西躲得过他的眼睛，他记得，其中一位法国人"下去上了两次厕所"。在某个年龄段，人们对于这种也许是患有前列腺病症的细节很是敏感。这个晦气的夜晚，说明他与另一个罗兰关系的进一步失败。"不过，在这个晚上，7月份提出的问题应该得到解决了。"

是什么问题呢？是像他们多次做的那样一起出外旅行吗？或者，是一种性关系问题吗？是像那天晚上罗兰把一个弟子放在了另一个罗兰那儿那样组成一种新的三人关系吗？不管怎样，罗兰应该是"疲倦了，甚至没有了完成游戏的精力"。他不再有幻觉，另一位罗兰也是如此。"总之，就是这样，两种答案。为了消除欲望，这是绝好的方法。"周末在喧闹中开始，却结束于一潭污水：有时候，他会冒险去见那些过去的友人。

227

Les derniers jours de
Roland B.

28 小伙子们的哀痛

他也许是罗兰最后的短暂男友，也许是被其爱慕的最后的人。9 月 11 日这天，在一次鸡尾酒会上，罗兰紧挨着米歇尔·福柯和埃德加·莫兰待着，但是，他心里却总惦记着与奥利维耶（Olivier）的约会。去什么地方呢？当然是去博芬热餐馆，即便他再一次失望："在我看来，那里不是很好，不是很令人快乐，人太多，香槟酒也不够冰。"

让奥利维耶喝香槟酒？两个男人徒步经过圣安托万（Saint-Antoine）街与里窝利（Rivoli）街返回："我有一点担心我们分手的方式，但同时，我听由其便。"天气"温和，有一点雾气"：这位着迷于气压表的人经常要花时间浏览气象报纸。街道上没有什么人。他在一篇很出色的短文中写道："这是白天的市区。"

　　　夏特莱（Chatelet）广场，分手的时刻到了："奥利维耶不想到家里来，我已经想到了这一点，而我，则既担心我的欲望，又担心我的睡眠。"对于像罗兰这样的一位老小伙子，时间确实晚了些。但是，他们已约定下个星期日再见面。两个人互致晚安："他没有拥抱我，而我也未感觉受到任何伤害，就像从前那样。"随着年纪的增大，考虑吃一次午饭就可以了。

　　与奥利维耶度过的这个夜晚并不真的是"一无所获的"。尽管结果是这样，他仍表现为是"难以满足的"。他继续向圣米歇尔街走去："尽管累了，我还是想看一看一些小伙子的面孔；但是，年轻人太多，以至于叫人反感。"这位喜欢青春少年的人，越来越觉得被丢弃在老年人的位置上。

　　9月13日，他在等待奥利维耶……但他无法否认这是一个"一无所获的夜晚"。他明确地指出："那是一个典型的一无所获得夜晚。"由于"下着暴雨，而且不热"，他犹豫该穿什么衣服，最后他穿上了在纽约购买的里面没有口袋的蓝色夹克衫。他觉得身体受到拘束，像"装满了东西"。这种穿戴过程的结论是："我在晚上已经感觉不到舒适。"

　　　在现代艺术博物馆，开幕式是非常巴黎式的。就像通

Les derniers jours de Roland B.

常在这种场合那样，他的快乐在于很快地抓住一些句子，比如："有许多叫人烦恼的事情，但并非全部。"

很快，他就"偷偷地溜走了"。由于有一位崇拜者陪着他，而且其新鲜的言语"迫使他平静下来"，他便去阿尔玛（Alma）咖啡馆喝上一杯，同时惦记着晚上的安排："我很不愿意去体操馆看品特①《虚无乡》（No Man's Land）的首演式，我已经被搞得不知所措了。"他从前经常去剧院，而且写作了大量这方面的文章；自从他对戏剧感到厌倦，便几乎再也没去过。

"就像去做一种杂役"，他乘地铁去巴黎林阴大道（Grands Boulevards）那个地方。他非常不喜欢这个地方："满是肮脏的小餐馆，满是三级片电影院。"在右岸，他只欣赏火车北站（Gare du Nord），他解释，那是"巴黎很少有的圣地之一"。他不违背习惯，又提前到了。他一想到穿着蓝色夹克衫"等在一个首演的大厅里，便不知所措了"，于是，他走动了一阵，这是"对待品特作品的最后态度"。他拒绝再按时回到剧院里来。逛到花神咖啡馆吗？太早了，

---

① 品特（Harold Pinter，1930—2008）：英国剧作家、电影导演，2005年诺贝尔文学奖获得者。

"这使得那个夜晚非常长。"

　　　他只好去看电影，去看一部皮亚拉的影片《你先过高中会考吧》(*Passe ton bac d'abord*)，对于这部片子，让-路易曾说对他"有着最大的好处，是以他的方式，并且是按照只与他有关的情感-智力感觉进行安排的"。他对让-路易的情感是始终存在的……罗兰认为这部影片既是"完美的，证实了人们所希望的全部有益之处"，又是"艰难的"，"其中有某种反对年轻人的种族主义：我们感觉到完全被排斥在外了"。他大概想说的是反对老年人的种族主义。

　　　他只剩下重新返回到他的停泊地圣日耳曼-德普雷街了。在比杂货店还高一点的地方，一个小青年拦住了他："我被他的相貌、手的细嫩惊呆了。"罗兰在这一带非常出名，以至他不需要去找寻：他们都会向他走来……"但是，由于害怕和疲倦"，他溜走了。疲惫在上升，在上升。

　　　这种疲惫大概妨碍了他继续写日记。3 天后，他还是记下了与奥利维耶的约会，这便是《巴黎的夜晚》的最后一笔。那天的午饭是在塞尔旺多尼街吃的。罗兰写道："为了等待他、接待他，我曾付出通常表明我喜欢他的努力。"他盛情款待别人，总是比对待其他人更好地对待他们。但是，魔术不再起作用了。奥利维耶的惧怕与保留使他心灰

Les derniers jours de
Roland B.

意冷："毫无愉悦，远不是我想要的那样。"

破灭开始了。"在我午睡的时候，我请他过来。"他由于起床很早，午饭后经常要睡上一会儿。他不要求奥利维耶与之"划船"，那是留给罗马里克的事情。但是，他希望与奥利维耶有"接触"。"他好心地走了过来，坐在了床边，读了一本画册。"午觉没有睡成："他的身体离我很远：无任何亲切可言。"奥利维耶很快又回到了客厅里去了。

只剩下罗兰一个人。他比以往任何时刻都感到孤单："一种失望袭上心头，我很想哭。"很难避开这样的情况："我明显地看出，我必须放弃那些小伙子，因为他们对我没有任何欲望，而我，则过于谨慎、过于笨拙，以至不能让他们接受我的欲望。"他又想到了他与一些年轻人的情景："每一次都是一种失败。"自从过了50岁，他不断地遭到拒绝："我的生活充满痛苦。"他的抑郁就来自这一点：除了他与妈姆长时间建立起的关系外，他不能与他人建立一种真正的关系。

他现在面临一种"不可回避的事实"：他必须放弃吸引 233
别人的念头。"我只剩下了一些小青年了。"罗兰喜欢他们，他甚至想写一本有关他们的书。让-路易回忆说："他常说：一个有知识的青年甚至可以征服世界。"但是，他必须放弃另一些吗？他无法接受。"那么，我出门后，能做什么呢？我不停地注意到有年轻人。"在失望之中，他大声呼喊："对于我来说，世界的节目会是什么呢？"

当他回到客厅时，奥利维耶提出弹钢琴。这是与他保持距离的一种方式："他的眼睛非常诱人，他的面庞温柔，而且借助于长长的头发，变得更温柔。他是一个细心的人，但也是一个无法接近和神秘的人。"罗兰无心于长时间地胡乱弹奏舒曼的乐曲："我说我有事要做，便让他走了。"他理解，除了奥利维耶本人，"有某种东西结束了：那就是来自一个小伙子的爱"。在为妈姆哀痛之后，又在为另一种爱哀痛。他将不会重新振作起来。

Les derniers jours de Roland B.

29 第三度哀痛

罗兰与多位朋友谈了他 1979 年 12 月出席塞尔日·甘 234
斯布在帕拉斯剧院夜总会举办的音乐会。他向安德列·泰
希内高度评价了这场演出，同时认为歌唱家过于"居无定
所"，性欲也随之频繁变动。他也抱怨很难理解歌词，因为
音乐声本身太洪亮了。在帕拉斯剧院夜总会，他唯一不给
好的评价的是：音量，对于他这样年龄的人来讲，音量确
实太高了。

一位记者提醒他，塞尔日·甘斯布在搞说唱（talking
over）：他并不真唱，而是在随着音乐说话。习惯上，罗兰
会注意到表达方式。这位法兰西语言的钟情人英语说得不
好，但并不因此担心英式法语的变化。雷诺·加缪回忆说，
他曾经看见罗兰有一天掏出小本子，那是在他们两人乘出 235

租车的时候，罗兰说他的一个朋友有着一种"旁白智慧"。

显然，罗兰没有对任何人说过他等待演唱会开始前的厌烦心情。他越来越抱怨自己的疲惫，这种疲惫使他心灰意冷，也使他做任何工作都变得艰难。由于把在于尔特逗留的时间花在了用打字机写作《明室》上，他便没有像习惯上那样在夏天准备他冬天在法兰西公学的课程。他是在秋天很快地写完讲稿的。安托万说："手稿上带着他闷闷不乐的痕迹。实际上，手稿并没有涂改，但字体是变形的，勉强可以辨认得出来。"应该说，这部手稿就像是一则真正的讣告：在为妈姆哀痛之后，在为失去小伙子们的爱而哀痛之后，他又在以预告为小说送葬。罗兰理解，他在《巴黎的夜晚》之后，不会走得很远。他的"重要作品"呢？从还是孩子时就有这种愿望，可是，他现在已经感觉到自己老了……

大概，正是因为从此一切都使他感到疲惫，他才投身到对于空闲的一种颂扬之中。发表在《世界报》上的一篇真正的宣言，名为"要敢于懒惰"。这篇宣言首先是向他自己发出的："在我一生中，我不曾为懒惰安排过任何位置，这正是我的错误。"他解释说，他的问题——当然最终是令人惋惜的——在于他"决定什么都不做"的时候，不知道

Les derniers jours de
Roland B.

该干点什么。搞点体育？他过去从来没有搞过。看书？他感叹道："但这正是我的工作呀！"

更令人惊异的是，他对于男人们过去从事做花边的活计有些怀念：如今，有"公约"限制他们从事编织。他在《新生活》草稿中，已经预见了编织的前景。为什么他突然关心起做针线活了呢？"那是一种手工的、最小的、免费的、无目的性活动的典范"，"妈咪"就梦想着搞编织！人们不能指责罗兰过于"居无定所"。从这种思想出发，他有时也对男人们过去穿长裙不无怀念。

这年的秋天，罗兰很想说不再干了，即放弃充实他生活的写作。他梦想着一种"哲学意义上的无所事事"。在于"疏忽"之中挣扎的状态下，他认为，一切都是无益的。在妈姆去世后不久，他就向法兰西公学的听众们解释说，他觉得自己就像是"一个充了气的轮胎"。从今以后，这条轮胎成了一条瘪轮胎，一条完全瘪了的轮胎。

没有写成小说，那为什么不坚持写日记呢？这是他公学的一位同事提出的建议，秋天时这位同事曾与他在圣叙尔皮斯广场喝过酒，并认为他已经非常地消沉了。罗兰回答说，他只有一个目的：写出可以属于小说的某种东西。也许，在重新加工《巴黎的夜晚》的时候，他也意识到了，

237

日记会反射出他的一副可怕的形象：一张困乏的面孔。

从今以后，在那些受他宠爱的人看来，他应该信赖那些小青年，或是信赖尤瑟夫，因为后者是他的经纪人。乌埃勒街那帮人现在搬到了位于 13 区末端的兰瑞斯（Rungis）广场。在罗兰看来，这又是一种额外的烦恼：太远了，没有公交车可以直达那里。但是，尤瑟夫负责组织小伙子们——有时也有别人——一起吃晚饭，他们也准备满足他的期待。妈姆已经不在了，他有时就在兰瑞斯广场那里过夜。于是，他结识了路过巴黎的一位意大利喜剧演员。早晨起来，尤瑟夫会问一问是否一切都好。罗兰叹息道："他是个反常的人。"尤瑟夫不无惊讶。

238

他抱怨尤瑟夫，但却越来越离不开尤瑟夫。这位乌埃勒街那帮人的灵魂，是他的什么都可以与之一起做的人。罗兰几乎每一天都能见到他，大多数时间是在花神咖啡馆。尤瑟夫清楚自己在罗兰的生活中占据的重要位置。让-路易简单地解释了尤瑟夫所扮演的越来越重要的角色，"我竟然责备他太脱离我"。在妈姆去世之后，尤瑟夫某种程度上成了"罗兰的母亲"，成了管理他与外界联系的人。

另一位罗兰把这种失控看得很严重。在他看来，罗兰在其生命的晚期已完全被他的"交际配角"那帮人所绑架

Les derniers jours de
Roland B.

了。作为出版商的弗朗索瓦不大指责别人，他注意到，在妈姆去世之后，罗兰的第二个家庭，即同性恋家庭，逐渐地成了他真正的家庭。弟弟与弟媳拉歇尔也越来越经常地被接纳进来了。两个脉系的结合，在妈姆在世的时候是不可能的，现在也开始了。生活中，罗兰越来越多地表现出精神分裂的症状。12 月 31 日的晚上，尤瑟夫与让-路易来到塞尔旺多尼街喝香槟酒和吃鹅肝，同时等待午夜的来临。罗兰的弟弟与弟媳当时在场。拉歇尔常有病痛，便在 23 时 239 30 分时到六楼去了。罗兰遗憾地说："她本该等到午夜。"在罗兰去世之后，他的弟弟在一段时间里继续与乌埃勒街那帮人有来往，取代了哥哥而成为那些夜晚有魅力的人的中心人物。

罗兰过去在对他的那些年轻朋友使用讥讽时，头脑是很清晰的。但是，由于他们此后成了他最珍贵的财富，他便越来越少地与他们保持距离。这是他的"唯一的"财富。妈姆安息在于尔特的坟墓之中，他的感情生活是一种失败，他的著述失去了价值，他唯一的成功，便是这个关系网。没有他们，他的夜晚会更为"一无所获"，会再一次是令人失望的。

30 哗众取宠

240   重返公学讲台。12月1日，罗兰再一次登上讲台，进行他的第四期，也是他最后一期讲课。他再一次讲述"小说的准备"。他的课程再一次像是以会话方式陈述一系列隐私。他能实现所预告的又一次转变吗？他在第一个星期六就指出："最后的悬念是，我自己都不知道它的出路在哪里。""悬念，唉，只是对我而言的，因为我想书是否完成你们并不感兴趣。"他总有这种孤独的感觉：也许，他喜欢他的听众都站起来、围攻他，以便让他知道他们是多么不耐烦地期待着他的"作品"的。

　　他撒谎了：他非常清楚这种悬念的解决办法。整个课
241 程的讲稿都已经写完了。其中，包括利用一个令人讨厌的万圣节提前一个月写成的结论：他感觉自己已经脱离了创

Les derniers jours de
Roland B.

作一部小说的状态。但是，在公学的这最后一个教学季中，他竟如此去做，就好像他在不知疲倦地继续寻求写小说的办法，期待着"发力"的时刻。在这种条件下，在他最后的授课中，怎么会看不到一些哗众取宠的成分呢？

由于他难以克服的谦虚，人们都谅解他。他解释说："我所幻想的，是以工匠的方式制作一种对象。"他自认为是于尔特面包师的兄弟……在智力方面，他觉得自己占据着一种虽然不是首要的但却是新颖的位置。在文学方面，他有着新手的腼腆。他叹息："可我不完全是一位作家……"在另一个周六，他明确地说："我不把自己视为作家，但我应该把自己看作是想写作的某个人。"这当然不包括现时他已经知道自己成不了作家的情况。

听众躲不开有关他无法摆脱社会交际义务之困难的新的说辞："要想有时间写作，就必须与威胁时间的敌人作殊死的斗争。世人与作品之间有一种角力。"他抱怨自己陷入了"管理"而不可自拔，他在专心做一种古怪的计算："要理解他的分量，只需做一下计算就可以。"他区分出"作家一天中"的四种领域：1. 需要："吃饭，睡觉，洗澡"。242 2. 创造性劳动："书籍，课程，这已经比真正的写作缺少创造性了"。3. 这种讨厌的管理："书信，手稿，写作，不可避免的采访，批改试卷，外出（去理发店！），参加朋友们的作品展和影片首映式"。啊！如果不是美丽的银发飘逸而是秃头一顶，那该多好呀！啊！要是乌埃勒街那帮人中没有电影艺术家，那该多好啊！能省下来多少时间呀！4."社会联系，就餐聚会，友情表示"。

作为不错的药剂师，他算了这样一笔账："这一切在做了这种压缩之后，在 24 个小时中，10 个小时用于'需要'，4 个小时用于就餐聚会（例如晚上的时间），5 个小时用于创造性劳动，另外 5 个小时用于管理。"结论便是："管理，作为维系活动，与创作具有同样的重要性。"他叹息道："这太多了。"那么，如何摆脱这种情况呢？想"写作一部作品的人如何来克服管理上的干扰呢"？

答案就在于一句话，那是罗兰在 1 月 19 日说的："拒绝。"他指出："米什莱在某个地方谈到古代的某国人，他们就由于不会说不而遭毁灭。"说不：这便是不可为之的事情。他一生中都拒绝"需要承担因说'不'而导致的最后的攻击"。大概，这种拒绝来自于妈姆，因为妈姆从来没有对他说过不，即便是当他反对她再婚的时候。大概，他因此而承受着那些小青年一再对他说"不"字。

我们只能停留在形象上，他在法兰西公学讲台上的形

Les derniers jours de
Roland B.

象。每周六，在巴黎，在这10年之初的巴黎，他每周六的课程比以往任何时候都更是一种不能失败的事件。然而，由于他是在朋友们的陪同之下，所以，他在抱怨声中度过了这段时间。他薄情地对他的听众们说："有人要求你完成作家的形象，采访，写序，而不去想这要花费多少时间。"这是荣誉的反面。当有人以超乎一般人的程度来感叹他的命运的时候，会发现某种不公正：明星的职业是艰难的。

更何况他在这方面完全是自欺欺人。管理工作之所以占去他许多时间，是因为他就想如此。他知道在知识分子世界里自己是多么的浮夸，所以，他进行大量"交际"工作。他抱怨接受采访让他损失了很多时间，但同时，在他最后一本书《明室》出版时，他又告诉他的书讯发布人不要拒绝任何采访要求，这位发布人解释说："他不希望我充当过滤器。他感到非常孤独，以至于他在接受采访过程中会发现一些也许是属于其他事情的机会。"在讲台上，他高声地说他梦想着一些"保护，这些保护负责迅速地应对提出的要求"。但是，当他有了一位发布人，而这位发布人的工作恰恰就是阻拦和挡驾的时候，他又指令其敞开放行。

在他生命的后期，一致性已不是他的优势，这包括他说要出版书籍却一直毫无音讯。于是，如果不能创作，那就该好好地生活：去满足一个总是渴望强壮的身体。他一个星期接着一个星期地高谈阔论，和往常一样，他倾向于在那些作家的生平中去探究可能启发他们灵感的"细枝末节"。于是，他开始对"作家与饮食的关系"感兴趣："他们吃什么？他们怎么吃？我们对这种可笑的事情一无所知，就好像它们是绝对的无用之事。"他指出，普鲁斯特在其生命的晚期开始绝食。怎么向他学习呢？他晚上与朋友们一见面，总是先围绕着这样的并非玄妙的问题：选择去哪家饭店？当普鲁斯特仍需在巴黎的饭店等候用餐的时候，他还没有去写《追忆似水年华》……

另一项怪事是，巴尔特关注作家们的衣服。他注意到普鲁斯特经常穿着巴尔扎克那样的衣服，并指出，"某些服饰是很有故事的"。自从发胖以后，他更喜欢睡衣，而不大喜欢睡袍，因为他讨厌被裹得太紧。这是否会影响他的创作力呢？这位小说家，若穿着睡衣就寝，他最终会硕果累累吗？

尽管他的听众们都很用心，但是来听课的人数越来越少，一个弟子说："许多人认为罗兰是在嘲弄他们。"有一

Les derniers jours de Roland B.

天，是个星期六，他又对小说家们服用的药物产生了兴趣。他一直对有可能解释总体的细节表现出极大的兴趣。他断言："一个人可以通过他服用的药品来确定。"他甚至将此与他自己用于治疗偏头疼和慢性支气管炎的药箱联系起来："如果我不依赖布他比妥（optalidon）、以罗果子盐（eno）、非诺沙唑啉（aturgyl）、乙烯比托（optanox）这些药品，我的身体就不可能得到保障。"他强调："作为真正的身体保护品"，这些药物应该"在出行时带着"。

他从不向他的听众隐瞒什么：他都吃些什么，他穿衣戴帽的方式，他服用的药品，他忍受的疼痛……这种自恋式的偏离，原则上是具有文学上的原因的。《追忆似水年华》就是他的榜样。他指出："普鲁斯特，是作者即写作的主体进入文学的开阔入口。作品中无一处不见到他、他的各种场合、他的所有朋友、他的家庭。"大家都理解，他在窥视。他在 2 月 7 日感叹道："找到一个适当的我，一切便迎刃而解！"但是，只是围着自己打转，只是解剖自己微不足道的好恶、自己的怪癖，能找到"适当的我"吗？

在一个星期六的早晨，他承认："这一切都是很牵强的。"不过，他设想存在着"与表面毫无意义的一些选择——身体的选择——有联系的一种内在的哲学思想"。这位重理智的人，有着一个只凭自己兴趣做事的身体……他在与人谈话时流露出这样的意思："我很想夜里工作，可是我的身体不允许。"而在每个星期六，他只不过是在法兰西公学里耍教鞭的一具木偶。

31   死的愿望

　　有一些消息让人觉得痛苦，甚至也许尤其是当这些消 247
息使其近友感到高兴的时候。另一个罗兰告诉罗兰他的女
友怀孕了。另一个罗兰将成为爸爸！罗兰十分沮丧：现在，
他面临着情感关系的破裂。在他身上，这是一件真正被反
复唠叨的事情："我的生活失败了，我的情爱失败了。"巴
尔特，这个不成功的人……由于这个孩子要出生了，他达
到了不幸之顶点，他在 70 年代最喜爱的小伙子，将在 80
年代之初成为一家之主。他曾在很长时间里拒绝相信这个
小伙子是个异性恋者，而将他的异性恋表现看作是表现不
当的一种羞耻感。他知道自己是错了。10 年以来，他生活
在一些年轻的人中间，他爱上了他们中最具"双性身份"
的人。罗兰的出版商朋友弗朗索瓦对人说："他并不是经常 248

有恋情的。"

罗兰很喜欢小孩，所以他就更为痛苦。他一旦在巴黎或在于尔特遇到一个孩子，便和他说个没完，问他喜欢什么玩具，学习如何，如何考虑未来。有一天晚上，一位年轻的母亲把自己4岁的儿子带到了尤瑟夫和让-路易的家里。罗兰便把时间都花在了小孩子身上，他断言："这是我遇到过的最聪明伶俐的孩子。"住在乌埃勒街的某人的一条狗发出了"哼哼"的声音，表现出不悦，它不高兴看到这个孩子把罗兰的注意力都抢走了，罗兰开玩笑地说："它好像嫉妒了。"

在于尔特时，他也是这种精神状态：对于孩子们的喜爱使他的对话者无不吃惊。镇上的一位出租车司机，过去偶尔去比亚里兹机场或巴约纳火车站接罗兰·巴尔特，他回忆道："当他遇到一个女孩或男孩，他总是向他们问安，问他们叫什么名字。"在他的身上有一种隐隐约约的做父亲的欲望，他已经到了实际上是他所有朋友的父亲的年龄。他大概想过生儿育女这件事……他曾经偷偷地对另一位罗兰激动地说："写书，从来就跟生孩子不一样。"而另一位罗兰肯定地说："他是一位处于期待之中的父亲。"他是一位父亲还是一位母亲呢？也许，在这位"妈咪"身上更多的是一种隐隐约约的母爱的欲望。

我们现在距离那次导致他失去生命的交通事故还有10天。最倒霉的，是罗兰每天都要面对妈姆。另一位罗兰的女友康斯坦丝是罗兰·巴尔特的书讯发布人，而《明室》一书在这个新的10年的第一年年初出版。他自然会在康斯坦丝面前表现出绅士风度，而掩盖不悦。一天上午，他们约好签订书讯发布服务合同。罗兰很守时，第一个到达，在为此而安排的地下室的一个会客厅里坐定。当他看到康斯坦丝走下楼梯的时候，他出于担心她滑倒而喊出："当心，别摔倒了！"毫无疑问，这是一位丈夫和一位细心的父亲都会做的事情……他还总是像是贵族一样悄悄地对康斯坦丝说："你看，是你赢了。"他的研讨班似乎从来不接收女性。

《明室》一书反响平平，这一点最终使他的情绪一落千丈。他停留在作为他与另一位罗兰的关系结晶的一本畅销书上——《恋人絮语》，这本书曾使他上了电视的"书讯"节目。他再一次被报刊的文学版面排斥，被艺术表演版面拒绝：这是因为他的新书是关于摄影的。罗兰痛苦地忍受着他最喜欢的报纸《世界报》为他制造的这种衰落。过去一段时间里让他着迷的埃尔韦·吉贝尔的那篇署名文章，

250

对他竭尽恭维奉承之辞，但却是苍白无力的。文章丝毫不谈《明室》的第二部分，而罗兰又特别看重这一部分。文章中没有任何地方谈到妈姆，而吉贝尔又很清楚罗兰特别看重他与妈姆之间的关系。

有一天晚上，他遇到了一位语言学界的同行兹维坦·托多罗夫①，后者认识妈姆，悄悄对他说："我在读到您书中关于您母亲的第二部分时，备受感动。"罗兰的反应是："您很清楚，我就是为了这一部分才写这本书的。其余内容仅仅是托词。""托词"不会带来成功。他有关摄影的思考被认为意义不大。

他起先没有很好地体验《恋人絮语》带给他的成功，现在又无法承受《明室》越来越明显的失败。这本书并非像预报的那样是一部"伟大的作品"，而他在书中放了那么多的自我、那么多的妈姆。尽管如此，他的明星地位还是使他在法国电视一台晚上8点的新闻节目中短时间地露过面。那些在电视上看到过他的人都对这位受访者表现出的沮丧心态印象深刻。一位近友回忆说，这是偶尔出现在电

---

① 兹维坦·托多罗夫（Tzvetan Todorov，1936— ）：祖籍保加利亚的法国语言学家、符号学家。

Les derniers jours de Roland B.

视新闻节目中的"极大的不幸"。

他的所有的朋友也都持这种看法。最后的几个星期，他比任何时候都显得疲惫不堪。一位乌埃勒街的人小声说："他已开始步履艰难。"车祸之前的几天，一位乌埃勒街的人去了塞尔旺多尼街，他说："罗兰坐在客厅的长沙发里，就在我身边，穿着一件毛衣。他试图拥抱我。"这位乌埃勒街的人挣脱了，罗兰脸色大变。

从此以后，他的沮丧一眼就可以看出来。在车祸前四五天的时候，他去位于帕莱佐（Plaiseau）的综合理工学院①做"小说的准备"报告时，简直就像是个活死人。塞里西研讨会的组织者兼道路桥梁工程师的安托万在大厅前迎接他。罗兰只为这次报告内容增写了一个导言和一个结论。安托万再一次对他书写无力的字体印象深刻："他的字不成样子，那些词语是勉强写出来的。"

一位医生在这时与他相遇，说出了这样的话：罗兰也许患上了一种破坏性病症，这种病已开始损害他的智力。不知谁还能改变一下他的心情。一位近友明确地说，"每天

---

① 综合理工学院（Ecole polytechnique）：法国最著名工程师学院之一，创建于 1794 年，每年只招收 500 名学生。

一醒来，罗兰便哭泣。"这与他在《明室》中的情况相反：他在书中告诉我们他因母亲的去世而备受折磨，但是他已不再哭泣。

在出车祸的前几天，他打电话给朱丽娅·克里斯蒂娃，说他"有意把头埋进石膏里"。克里斯蒂娃问索莱尔斯："不可以说把头埋进石膏里吧？"这位小说家回答说："如果罗兰·巴尔特说，那就怎么说都行。"罗兰说什么都可以，但是，他已不再想说。他援引米什莱的话说："衰老，便是慢性自杀。"

在英语里，人们把这种情况叫：死的愿望。没有人怀疑，他在车祸之前就患上了这种综合征。贝尔纳-亨利·莱维说："他已撒手人寰了。"

Les derniers jours de Roland B.

32 最后一堂课

　　他的最后一堂课，是在车祸的前两天。2月23日（星253
期六），罗兰结束了他的冬季报告会内容，他公开承认自己
的失败：他并没有唤醒沉睡在他身上的小说家。这种最后
的失败，他几周来一直在面对着。他的"伟大作品"在何
处呢？以他那几篇《巴黎的夜晚》日记而言，妄想早已飞
逝不见了……他应该在课堂上就承认他的失败，因为他曾
经利用课程来准备这部不可能写出来的小说。

　　面对听众，他细心地安排悬念，在下课铃响之前讲那
些附加内容："在一种良好的背景之下，课程的实际结束时
间本应与作品的真实出版相吻合，因为我们已经了解了它
的进展脉络。"不过，这是为了前后衔接："唉，至于我，　254
这与我无关：我不能写出任何作品，显然，我肯定写不出

我很想分析其准备工作的小说。"这个问题已经不存在了。花了两年时间来讲课，到头来就是这样。

最为可怕的是罗兰后来划掉而拒绝将其说出来的一段文字："我最终将会成为什么样子呢？显然，我将不会再写，或者如果要写，我也只能在重复之中写点应时文字、写点心得。为什么会有这种疑惑呢？因为我两年前在这一课程开始之初所表现出的哀痛，已经深刻地和难以理解地改变了我对于世界的欲望。"

如何更好地说清楚他未能成功地摆脱妈姆之死带给他的痛苦呢？如何更好地说清楚妈姆的去世使他从此一蹶不振呢？他曾经希望这种痛苦在一段时间里会出现某种变化，但是，他放弃了。他已无力坚持了，只好委身写点"应时文字"，俨然如一部自动机。还有比一位大师的日常生活更为糟糕的事情：撰写文章，为别人写序，接受采访。这一切都无法与一种连续的工作相比。罗兰为小说投入了那么多的精力，因而在放弃的过程中，他似乎是"活着进入了死亡"。

255 　　他补充说："不过，通过最后的努力，我还是给出了理想中作品的一个轮廓。"这部作品应该是"简明的、有联系的、所希望的"。在他的思想中，简明，意味着容易读懂。

Les derniers jours de Roland B.

他指出："今天，有一些文本很容易被认为是难以读懂的"，当然尤其是他的那些文本。也许，他的主要失败正在于此：他无法摆脱由他晦涩的语言所构成的保护性外壳。这最后一堂课不无讽刺意味地说明了这一点。他高喊他有着最终能被人理解的意志，但却比以往更为晦涩难懂，同时提出了实现可读性的两条规则："一种叙述构架即一种智力逻辑"和"一种并非叫人失望的补述系统"。

罗兰所希望看到的作品应该是一种叙事文字，而不是有关叙事文字的一种叙事。他解释说："简明，现在意味着，将来也意味着尽可能在第一级上写作。"在 50 年代，他通过一本有关（写作的）"零级"的书①而被人所知。后来，他不谨慎地跨越到了下一级：他的全部作品都应该在第二级上甚至在第三级上被解读。在他看来，第一级是一种尚未发掘的领域。这大概是因为他与大众的关系：从个体性方面讲，他高度评价在于尔特或其他地方结识的那些地位低下的人们；从集体性方面讲，他讨厌人群，自感很容易被各种情感的庸俗性所侵犯。对于第一级的最后颂扬，

256

---

① 该书译为《写作的零度》，*Le Degré zéro de l'écriture*，Seuil，1953。现在结合"dégré"（"度"、"等级"、"程度"之意）一词在此文中前后出现的情况，将其改译为"级"。

很像是一种自我批评：马克思主义者们似乎在说，他作品的难懂程度使他"脱离了大众"。

有意思的是，在希望作品是"有联系的"同时，罗兰并没有参考妈姆。很难不去做这样的理解：这正是他在第二级上的愿望。在第一级上，他规定作品要与古典作家之间"确保有某种联系"。还是在此，这种说法中有着一些自我批评的痕迹。作为现代人，他从此便鄙视属于先锋派的辞藻。他指出，"与言语活动的政治异化做斗争"是"令人羡慕的"，但是"社会并不紧随其后"。

最后"是所希望的"，罗兰重新考虑了他在《恋人絮语》一书中已经表达过的一种说法：欲望比快感更为强烈。剩下的，便是扼要地说明一下他的努力失败的原因："那么，这部作品，我为什么没有立刻去写，到现在还没有去写呢？"他只表述了一种理由："因为某种精神上的困扰。"他的困难恰恰在于要"不顾当代的现代性作品"。向过去"移注欲望"，那会是"一种倒退"。当人们已经将自己的生命放置于拓展新的道路的时候，怎么可能随便写出一部古典作品呢？

现在，到了打个招呼离开的时候了。他一再说："被期待的东西，是一种契机、一种机会、一种变化。"他援引尼

Les derniers jours de
Roland B.

采的话："要成为你所是的人。"真是绝妙的承认：以 64 岁的年纪，他竟然不能调整自己，不能自觉地接受自己的真正本性，也不能最后确立自身。他最终不得不等待着一种奇迹，而他又知道，这种奇迹永远不会出现。

当然，主要的内容存在于被划掉的那一段文字：妈姆的去世使这位"主体"失去了欲望，即生存的欲望。这最后的一堂课，就像是一篇悼词，它是罗兰在 1979 年 11 月 2 日这一天写的，而这一天正好是万圣节。

33　最后的失败

258　　　2月24日这一天，罗兰在奥利机场。在糟糕透顶地结束了最后一堂课之后，他是想去更为快活的天空漫游一番吗？根本不是。他是在充当司机，来接从以色列回来的弟弟和弟媳拉歇尔。他是开着他的红色甲壳虫车来接他们的。首先，在奥利机场与巴黎之间开车，并没有什么无法克服的困难，即便是在星期天。不过，准确地讲，他再一次与他们见面，为的只是把他的弟弟与弟媳带到塞尔旺多尼街。一位乌埃勒街的人注意到，"他对他的弟弟有一种本能的责任感"。

　　在这个家庭里，明显地有着多方面的本能性表现：两个男孩子都喜欢吃东西，关系融洽。到头来，罗兰与弟弟性格相容，他们就像是同一领域中的各种要素。弟弟不理

259　解有人竟对哥哥关怀他表现出惊讶："在一个家庭里，互相

Les derniers jours de
Roland B.

242　**罗兰·巴尔特最后的日子**

帮助是很自然的事情。"确切地讲，帮助在此只是单向的。在罗兰可以安排他自己的汽车时，就是这样的，除非当他充当司机为别人办事的时候。

当天晚上，两兄弟在博芬热餐馆重新见到了让-路易、尤瑟夫和尤瑟夫的一个弟弟拉菲克（Rafic）。由于这是习惯做法，所以，罗兰便一边吃饭，一边吐着怨气。他没有逃避去做一件令人讨厌的事情：第二天与当时一直是社会党第一书记的弗朗索瓦·密特朗及其他知名知识分子共进午餐。尤瑟夫回忆说："他叹息道：最后是要在一份支持密特朗参选总统的请愿书上签字。"让-路易评论道："他认为这种午餐是令人讨厌的，最终，一切都让他讨厌。"

在每个周末，他都以这一倒霉午餐为话题，这使他的朋友们感到厌烦。他对从突尼斯回来后打电话给他的当大使的朋友菲利普牢骚满腹地说："竟想出这种方式来笼络知识分子，真是怪事！"菲利普向他确认说，就算是他，也在密特朗的总统竞选中感到困惑和不悦。直到最后，他也没能说不去。午餐的组织者是雅克·朗①，扮演着密特朗

---

① 雅克·朗（Jack Lang, 1939— ）：法国政治家，密特朗执政期间曾担任文化部长。

的文化部部长的角色，他对别人说："并不排除他会为我而来。"他和罗兰过去经常在波拿巴咖啡馆喝咖啡，他从前曾建议罗兰去写剧本。

即便忍受着痛苦，罗兰也忠实于他对东方文化的爱好，他有时借助于《易经》，即一种中国式的塔罗牌，来卜算他应该采取的行为。他悄悄地对来接他去博芬热餐馆的让-路易和尤瑟夫说："这太不妙了。"让-路易说："他抽出了那张全面爆裂的牌①，那张牌告诉他最好不要离家外出"，以躲避临头大难。

罗兰如此看待这次午餐，说明此后一切都会使他感到麻烦。几年前，他曾到爱丽舍宫与瓦莱里·吉斯卡尔·德斯坦总统共进午餐，遇到了他的许多左派朋友。他是自愿接受邀请的，同时要求保持其作为"好奇者"的权利。也许，他是受了他的朋友索莱尔斯初步的反密特朗论的影响，因为索莱尔斯认为这位社会党第一书记是一位平庸的政治家。罗兰甚至考虑取消这次午餐。只有让-路易建议他还是去为好：从这种聚餐中，总可以获得某些东西。

---

① 书中没有卦象，无法准确判断。但根据上下文意思，很可能是六十四卦中第 23 卦"剥卦"。

Les derniers jours de
Roland B.

周一早晨，他坐在了办公桌前面，把最后一篇文章打出来：那是他为参加有关司汤达的研讨会而写的发言稿。从文章的题目可以大致看出他的精神状态："当谈论所爱，总是失败"。他没完没了地列数他所遭受的失败。两天之前，他的最后一次失败可以叫做："当谈论所喜爱的人时，总是失败。"

毫无疑问，罗兰在思考司汤达时，自感无力以小说家身份来参加活动。那么，如何来论证这个题目的合理性呢？司汤达最初未能成功地通过他的旅行日记来告诉人们他对于意大利的喜爱。可是，20年后，他却在《巴马修道院》（*La Chartreuse de Parme*）一书中对于这个半岛写下了"辉煌的文字"，那些文字"极大地鼓舞了读者"。为什么会出现这种颠覆呢？因为司汤达是"从日记过渡到了小说"。

由于罗兰喜欢意大利，所以，他对于这种成功就更感兴趣。他曾在1月份的时候去意大利短住，那是借向电影制作人米开朗基罗·安东尼奥尼①颁奖之机去的。一天晚

---

① 米开朗基罗·安东尼奥尼（Michelangelo Antonioni, 1912—2007）：意大利著名电影导演、制作人。他在"文革"期间来华拍摄了一部纪录片，这部片子后来于"批林批孔"运动中受到批判，但它对于罗兰·巴尔特具有一定的影响。

上，他在米兰火车站，情绪一阵激动："一列火车正在开动，在每节车厢上都有一块牌子写着：米兰—莱切。于是，我产生了一个梦想：就乘这列火车吧，在夜间旅行，而我一醒来就沐浴在一座远方城市的阳光与温馨之中。"逃离那些熟悉而晦气的艰难之地……简直是在做梦！

在最后的文章中，罗兰努力理解司汤达的奇迹。"在日记与《巴马修道院》之间发生的事情，是写作。写作是什么呢？是一种能力。"一种使他看到自己无能为力的能力。他为妈姆所写的那些有关摄影的文字，将使他的记忆永远保留下来。但是，他很清楚这些文字的局限。没有小说这种载体，他感觉到自己就是"一个缺少言语的孩子"。写作可以产生的奇迹并没有出现：他未能在形象上成功地改变妈姆。

Les derniers jours de Roland B.

34 一次大人物聚会的午餐

那确实是一次愉快的午餐。达妮埃勒·德洛姆[①]如此 肯定地说:"我们真是开怀大笑了。"这位喜剧演员当时参加了那次聚会,一直沉浸在密特朗的魅力之中,不无感慨地说:"当时,弗朗索瓦[②]真叫人感到古怪!"法国社会党的这位第一书记当时只顾一个人说话。与他在一起的,按照雅克·朗的说法,还有两位"谈话高手"名位突出:历史学家雅克·贝尔克(Jacques Berque)和当时的巴黎歌剧院经理罗尔夫·利伯曼(Rolf Libermann)。相反,达妮埃勒·德洛姆和雅克·朗都不曾记得罗兰说过什么,雅克·

---

① 达妮埃勒·德洛姆(Danièle Delorme, 1926—):法国著名女喜剧演员。

② 即弗朗索瓦·密特朗,当相互之间比较熟悉和关系密切时,只称呼名字,而不称呼姓。

朗这样说："他本性谨慎。"

在那个时期，社会党并不走运：雅克·朗常在他位于
丹东街（rue de Danton）的家里组织"知识分子和创作人
午餐"，由他自己"亲自下厨做饭"，一般都是"只需加热
的便餐"。大概是由于雅克·朗住房太小，那个星期一，在
社会党的这位领导人还没有想到为什么会有十几人聚餐的
时候，午餐已经在他的一位朋友菲利普·塞尔（Philippe
Serre）位于马莱的家里开始了。菲利普·塞尔"是左派基
督教人士，是战时拒绝给予贝当①全部权力的 80 人之一"。

至于其他聚餐者，这些人与那些人的记忆都不是很清
楚。雅克·朗记不清利昂内尔·若斯潘②是否也到场了。
与罗兰一起头一天晚上在博芬热餐馆用过餐的尤瑟夫想起，
还有一位后来担任部长的左派人物蒂埃里·德·博塞
（Thiery de Beaucé）也曾出现在被邀人之中。达妮埃勒·
德洛姆很相信自己的记忆力，坚持说罗兰当时就坐在雅
克·朗与女历史学家埃莱娜·帕姆兰（Hélène Parmelin）

---

① 贝当（Henri Philippe Pétain，1856—1951）：法国元帅，二战之初向德
国投降后成为法国国家元首。
② 利昂内尔·若斯潘（Lionel Jospin，1937—　）：法国社会党前领导人，
曾任政府总理。

*Les derniers jours de
Roland B.*

之间。关于所涉及的话题，人们的记忆更是模糊。那位女喜剧演员认为她想起来了，并立即非常自信地说："大伙谈到了塔列朗①，后来就随便畅谈。"女演员对于聚餐的记忆是快乐的，那是因为有密特朗光临。

罗兰很后悔接受了那次邀请，因为他讨厌离奇的故事，讨厌迎合别人的故事去笑，更为甚者，还需要去随声附和。对于没有人记得他说过的话，这没有什么可惊讶的。达妮埃勒·德洛姆确信，参加聚餐的人都非常高兴，离开时，大家相约再聚。毫无疑问，这一次，罗兰应该推辞了。参加一次"大人物"——而且是"特大人物"——的午餐聚会，装腔作势地去为一些无聊之谈捧场，这是他勉为其难的事情。

因此，非常确切地讲，他是一个烦恼达到顶峰的人，这种状态发生在下午他徒步走去法兰西公学的路上。细节并不是毫无意义的。罗兰的朋友们都认为，这种烦恼状态部分地说明了他在学院街（rue des Ecoles）走路时心不在焉的情景。走路心不在焉，这并不像他所为。一位近友对

₂₆₅

---

① 塔列朗（Charles-Maurice de Talleyrand-Périgord, 1754—1838）：法国政治家、外交家。

人说:"作为一个习惯走路的人,他经常嘱咐我们横穿马路时要格外小心,因为车辆越来越多。"某些人,比如索莱尔斯,甚至认为要由密特朗来对车祸负责,因为罗兰一直后悔参加这次午餐,而他在离开时又对此甚为不满。这位《女人们》(Femmes)的作者在其公开信中几乎确信:"是密特朗杀害了罗兰。"

可以肯定的是,罗兰去法兰西公学,纯粹是技术上的原因。由于教学楼的后勤保障经常出现问题,他同意检查一下保护性仪器是否安装合适和运行良好:因为在这一课程之后,他还要开设有关"普鲁斯特与哲学"研讨班。在这一框架内——尽管是更为私密的——他希望揭示一些真实人物的底情,这包括普鲁斯特的那些朋友或是他的家庭成员,因为他们都曾启发过作者塑造《追忆似水年华》中的人物。

两年以来,罗兰一直抱怨陷入了"管理"之中——必须承认,他作为正常人的最后一天时间,全都用在了这倒霉的管理上了:他早晨乘出租车去出席了一次研讨会,中午参加了一次社会交际性的午餐,下午他又要转回到法兰西公学——如果他有一位可靠的女秘书的话,他本不需要再去那里。面对一个他 3 年前以最高荣誉进来的机构,这

Les derniers jours de
Roland B.

是"不需要"他出现的一天。这一天，在他看来，无任何可以构成生存之魅力的哪怕是一丝的快乐。

车祸本身也平庸得令人沮丧：一位行人竟被一辆小卡车撞倒了。是谁的错呢？当然是司机的错，他是来自东部郊区的一位洗染店职工。可是罗兰，鉴于留给他生活的时间不多了，他后来很后悔不知道及时躲避。"真蠢，真蠢！"当天晚上，他就是用这样的话来接待到皮蒂埃-萨勒佩特里耶尔（Pitié-Salpêtrière）医院看望他的朋友们的——他在被撞倒后就被送到了这家医院。洗染工错了：罗兰依据平时的防备习惯，是在从前的斑马线，现在的路钉线上横穿马路的。可是，那位司机也有着可以原谅的理由：一辆比利时轿车与之平行地停在了马路边，部分地挡住了他的视线。这第二辆车本该提醒罗兰加倍小心。正是这一点疏忽后来受到了责备。他去世之后，他的律师曾建议他的弟弟可依据警察局的报告起诉洗染工。弟弟拒绝了，部分是因为这会变得可笑，但也因为他清楚哥哥早已确信自己也有过错。

这次车祸之外，还有一件古怪的事情。救护人员到达现场后，没有在受到严重撞击后的伤者身上找到任何证件。"罗兰是很守规矩的，他从来都是带着他的身份证和地址记录本外出的。"他的弟弟这样强调，同时认为在他哥哥躺在路上的时候，有人偷了他的证件和手表。警察在他身上发现的东西，是他在法兰西公学的工作卡。既然车祸就出在法兰西公学的对面，警察们便进入公学询问。有人通知了福柯。根据某些证词，福柯亲自前来确认伤者就是罗兰。正是福柯在傍晚时打电话告诉了尤瑟夫和让-路易，也告诉了他的弟弟。

两个家庭的人迅速赶到医院，他们看到罗兰躺在大厅的担架台上。弟弟紧跟在尤瑟夫之后到达，按照他的说法，哥哥"浑身发肿，血迹斑斑"。这时，罗兰的意识完全清醒，还在自责他的情况太不可思议了。在他的近友们看来，重要的问题在其他地方：他身上多处挫伤和断裂，但无一处致命器官受损。他的弟弟说："最初并没什么大碍。"尤瑟夫也说："看不出有什么严重，大家都说，也许很快就会好起来。"大家都放心地离开了罗兰；虽然他必须在医院待上较长的时间，但是他会好起来的。法新社通知事故的布告很晚才发布。罗兰的出版商朋友弗朗索瓦负责安抚圈内知识分子：事故无严重性。

35 前景不妙的患者

一周之后，当欧仁·尤奈斯库①对前来蒙帕那斯大街 269
拜访他的朱丽娅·克里斯蒂娃和索莱尔斯说"你们的朋友
罗兰情况不妙"，他正处在危险状况时，他们两人都惊呆
了。他们此前一直相信色伊出版社发布的让人放心的消息，
确信罗兰的状况并不令人担忧。

是不是近友之间都说好不公开真实病情呢？起初，伤
口确实不太严重。但是，按照他弟弟诙谐的说法，"他的致
命弱点——肺部"很快就受到了感染。作为过去的肺结核
患者和雪茄爱好者，他住院的第一天夜里就感到窒息，甚
至需要插管帮助呼吸。医生们的诊断让人得出一种可怕的

---

① 欧仁·尤奈斯库（Eugène Ionesco，1909—1994）祖籍罗马尼亚的法国
剧作家。

结论：他不能再说话了。要想与人说话，就必须借助手势或写纸条。这种情形使他最终消沉不振。他的一位弟子注意到："他无法承受不能说话的痛苦，因为说话也是他魅力的一部分。"克里斯蒂娃过去写过："他的声音闪现着来自书籍和孤独的荣耀。"

索莱尔斯和他的女友马上赶到皮蒂埃-萨勒佩特里耶尔医院，大喊大叫着要看望罗兰。乌埃勒街的几个人协助罗兰的弟弟，为保护他而轮流在接待处值班，以防过分地打扰他，同时尽力阻止带有怒气的人进入罗兰的病房。索莱尔斯和他的女友冲开阻拦，说人们向他们隐瞒了实情，而他们有权知道。罗兰过去称克里斯蒂娃为"推土机"，那一天，她真的证实了她的这个绰号。

在他们两人后来的两部著作中，他们都叙述了这次使他们大为震撼的探望。索莱尔斯在《女人们》中谈到：罗兰"僵硬地躺在床上输液。他在那里，几乎是赤身裸体，身上到处是管子。他的两只眼睛睁开来看看我，显示着他在发烧。我向他哽咽地说了几句话，他的嘴唇微动着，小声地说着谢谢、谢谢。我的话是：坚持住，有我在呢。他机械而缓慢地做了一个动作，为的是要求为他拔掉所有的管子并就此结束生命。我看见他就像一个溺水者那样正在

Les derniers jours de
Roland B.

沉入水中"。

克里斯蒂娃在《武士们》（Samouraïs）一书中的讲述，271
也非常感人。她"小声地对罗兰说：'我们非常想您，我们
等您。'他的眼睛闪动着疲惫和忧郁，脸色无光，他向我做
了一个要求放弃和永别的动作，意思是说：不要再挽留我，
已经没有什么用了……好像活着已令他厌倦"。克里斯蒂娃
不明白促使罗兰"如此轻易而毫不迟疑地坚决辞世的原因。
最令人信服的解释是：在他无歇斯底里表现的时候放弃活
着。没有任何所爱之求，只有对于存在价值的动物性的和
最终的放弃。我们自感无力抓住被称为'生命'的活力，
而这位临终之人却如此泰然地放弃生命"。

尽管如此，克里斯蒂娃还是尽力说服罗兰活下去……他
们曾一起去毛泽东时代的中国旅行过。她了解罗兰对于"符
号王国"的喜欢。她对他说他们还将一起"去日本旅行，或
是到大西洋岸边，这对于治疗肺部疾病是很有好处的"。在
她的旁边，索莱尔斯握住罗兰的手，一句话不说。克里斯蒂
娃在想："对于一位希望全无的人说什么好呢？"索莱尔斯最
后"含含糊糊"地说："您有您的权利，别人不好强迫您。
总之，您在一生中都是自我检点的人。任其流逝可以是一种
快乐，就像您曾对我说的您过去害怕的一种麻醉那样。但 272

是，我并不接受死亡的快乐。还是留下来活着吧。"

他并没有留下来活着。在出门的时候，他们两个人要求见一见医生。乌埃勒街的人们再一次发怒了。他们中的一个人说："克里斯蒂娃表现得歇斯底里，她大声吼叫着：'真荒唐，竟听任他死去，竟听任他死去！'"医生抱怨说罗兰是一位情况非常不妙的患者："他在车祸之前感觉是怎样的？他根本没有为健康去斗争过。"罗兰告诉过医生，他在前几天就感觉到"脑袋像是进了石膏之中"。克里斯蒂娃对此并不感到惊讶："他那时精神消沉。母亲的去世伤害了他。"她归咎于"对他的最后一本书持批评态度的那些居心不良的批评家"，再就是"大学里的那些权威不满意他的教学：说他过于世俗，过于公众化，这一点很过分，那一点不够。罗兰心里清楚：这是在侮辱他"。

在医院的院子里，索莱尔斯"强撑着自己而没有昏厥过去"："我又上楼看了他一次。他的心脏还在跳动，能从黑色屏幕上看到，从低向高。各种线条紊乱，好多按钮，这里红色闪亮，那里黄色闪亮。我意识到，我开始为其祷告了。对于我来说，这等于是身处一种毁灭和绝望的情景：我面对的，是一种被放弃的结局之残忍的愚昧状态，那是一位穷人的结局，实际上，是一位流浪汉的结局。"走在街

273

Les derniers jours de
Roland B.

上，克里斯蒂娃哭了。她哽咽着："这一次，他离开了我们。"她又补充说："这下，他将去见他的母亲了。"索莱尔斯恢复了平静，同时接受了罗兰的态度：他"选择了自己的时间，他是自由的。那些假装哭泣的人无不在嘲笑他，可他们只是在为自己而哀号"。

去医院看过罗兰的人，都对他的不幸感到震惊。是不幸吗？这个词太不能说明问题了。在埃利克第一次去探望他时，大夫们的诊断还是乐观的。不过，这位弟子在罗兰的眼睛里看到了"一种深深的不幸"。他在《回忆友情》一文中叙述道："我不禁后退了几步，因为我感觉到死亡已经在窒息着他。"埃利克只在一部纪录片中看到过这种同样不幸的目光："那是一只动物的目光，因为一条粗大的蟒蛇正在活活地吞噬着它。"一如索莱尔斯和克里斯蒂娃，他承认自己无能为力："当我看着他的时候，我感觉到生命正在离他而去，可我们谁都阻止不了。"

这些叙述都在说：罗兰已在听任逝去。他对于生命的放弃是"动物性的"，这个形容词，一再地出现在其近友的嘴边或笔头。所以，某些人便试图重写他的这个故事：罗兰是自己冲向小卡车轮子的，因为他着急地想在死后重新见到妈姆。这种说法是不准确的。他最初曾经为自己出车

274

祸而懊悔，并希望能痊愈出院。但是，借助插管帮助呼吸使他真正地陷入了一直消沉的状态：因为他过去经历过气管切开的痛苦。他的大使朋友菲利普说：“他向我做了个手势，告诉我，医生曾想切开他的喉咙。”尤瑟夫谨慎地说：“他没有力争活下去。”他的出版商朋友弗朗索瓦补充说：“他已没有力气争取痊愈出院。”

他的死的愿望把他带走了。他确实曾试图拔掉把他与生命连在一起的所有管子，但是，正像他住院一个月去世后法医所写的那样，是他脆弱的肺使他失去了生命：“车祸并非死亡的直接原因，但是，却在一位忍受一种慢性呼吸系统病的患者身上引起了肺部并发症。”

克里斯蒂娃与索莱尔斯两人的叙述同时指出，在罗兰临危之际，他的不同圈子的朋友们之间的关系也紧张到了极点。索莱尔斯承认，他很不满意乌埃勒街的人们对他的态度，他走在街上，对他的女友说：“你没有注意到他们是
275 怎样看我的吗？完全是蔑视性的。”而克里斯蒂娃则认为这是一种“阶级仇恨”。乌埃勒街的人们把他们的到访说成是侵犯。罗兰的弟弟指出，面对他的近友和关系不太亲近的朋友的到访，罗兰表现出极度的痛苦。“他是那些缺乏注意力的人们的猎物。他们进进出出。我们曾试图阻拦。他在

床上束手无策。就是这种情况把他害了，他是那样的谨慎和内向。"让-路易说："求见是那样的疯狂，我们不知该怎样处理才好了。"另一位弟子说："人们在病房前的楼道里争吵。"最后的决定是仅允许五个人可以自由进出病房：罗兰的弟弟、尤瑟夫和让-路易、两位主要的乌埃勒街的人，即另一个罗兰——因为他是罗兰最喜欢的，还有罗马里克——因为他可以说是罗兰的最后伴侣。

病房里，罗兰在逝去，弟弟在宣读弗朗索瓦·密特朗祝愿他早日康复的电报。他耸了耸肩："这已没有什么意义。"最后几天，他顺从安排。尤瑟夫说："他写给我们：这都只不过是空话。"让-路易也钟情于"符号帝国"，便认为一位来自日本的急救医生有可能拯救罗兰：当时，正好在巴黎举办世界急救医生大会。但是，让-路易的努力失败了，那位日本女医生不来救罗兰。

实际上，他拒绝与人沟通，因为他已进入半昏迷状态。他的出版商朋友弗朗索瓦来看他，把手伸给了他。"罗兰紧紧地握住了我的手，以至于我难以抽出。我不知这是否是他生命最后一刻的表示或者是回光返照。"罗兰于 1980 年 3 月 26 日 13 时 40 分去世：除了肺部感染之外，还增加了在住院期间感染的一种病。当时的书面文字上写着：他无法痊愈。

他疲惫了，而且越来越疲惫；他厌烦了，而且越来越厌烦那些"讨厌之人"；他知道他因为失去妈姆、失去另一个罗兰和那些小伙子们而写不出"伟大作品"；在他最后几次见到索莱尔斯的时候，他说过，他希望"生活要有规范"。这时，他更希望：生命要有规范。

尾 声

在我的姥姥家，一幅照片高高地挂在沉重的绿色绒面 277
长沙发上面的墙上。当我还是孩子的时候，我从未真正地
去注意这张照片，我只是把它刻印在了我记忆的硬盘上。
后来，姥姥去世了，妈妈又把照片挂在了她房间床对面的
墙上。我再一次只是满足于注意到了照片。这张照片一直
是我的生活、我的家庭生活中装饰物的一部分，但是，在
写这本书之前，我从来没有以主人的身份去安排它。

当然，那是我母亲小时候的一张照片。与罗兰·巴尔
特做简单的联想，我便又多看了一眼。除非，我认不出照
片上是我的妈妈。我甚至认为，正是因为这一点，我从未
真正地审视过照片：一个瘦小的姑娘，因头上扎着一个古 278
怪的白色的结而显得滑稽，身穿一条花里胡哨的长裙。这

张照片是借她的哥哥首次参加领圣体仪式之机，与妈妈和哥哥一起由一位摄影师拍的。按照罗兰·巴尔特的识别方式，我知道"那是曾经的状态"：家庭的编年史具有一种形式，那是 7 岁时的妈妈。但是，在任何情况下，我都不能对自己说："还是那样。"人的成长已擦去了童年的特征。

照片上有四个人，我最不能辨认出的还是妈妈。我认出了我的姥爷，因为我一直是在照片上认识他的：他，百分之百像他。我费了很大劲，才靠着我残存的记忆模糊地认出我的姥姥和舅舅：姥姥姿态高傲，舅舅目光惶惑，在我看来都很熟悉。但是，妈妈，这位不认识的女人……最多，在仔细辨认的情况下，面部的形状、爱赌气的有点撅起的嘴巴和不高兴的眼神使我想起某些我还是小孩子时的照片。罗兰·巴尔特在冬天的花园里那张照片上找出的，难道不就是他自己吗?

妈妈去世之后，我女儿的举动叫我感到吃惊。她想要这张照片，希望把它挂在她房间的墙上。我意识到，这张照片也属于她的世界。但是，她远比我关注它，并对我说，她从很小的时候就对看到奶奶以小姑娘的特征出现激动无比，因为奶奶外表上就跟她自己一样脆弱。我提出保

279

Les derniers jours de Roland B.

留一段时间，然后再还给她。我越是注视照片，就越是有所发现；我对于妈妈的重新发现越多，就越发觉自己更多地融入妈妈之中。在不考虑长裙和发型的情况下，我感觉是重新看到了我小学生时代的样子。有时，我竟然产生一种不可思议的念头：这是一种蒙太奇手法，有一只喜欢开玩笑的手把我的面孔贴在一张老照片上了。大概正因为如此，我曾在很长时间里看到这张照片，但却没有真正地去看：由于在妈妈与我之间有着太多的相像，我有了某种拘束。

在罗兰·巴尔特上最后一堂课时，他承认没有能力去写一部以妈姆为中心的小说，但他同时出人意料地流露出希望"有人"将来会代替他去写这部小说。我向罗兰的一位弟子说明了我的写作计划，他在接受我的调查时，对我说："由您去写罗兰过去一直想写的那本书，太好了。"我根本没有这种打算，妈姆是罗兰自己的财富，在罗兰活着的时候，弟弟就很难与他分享这一财富。如今，妈姆已不在人世，想分享这一部分是很不合适的。但是，在所有的 *280* 儿子与妈妈之间，都有着更多的相似性：那是一种血缘关系。

在为妈妈下葬的时候，我读过阿尔伯特·科恩[①]的《我妈妈的故事》的部分文字："每当我出门的时候，她都走到窗前看着我，与我多待上一会儿，并注视着一种形式——他的儿子即她在这个世界上与自己不可分割的一部分——渐渐消失……"阿尔伯特·科恩是在他母亲去世之后写这本书的。他继续写道："现在，每当我从家里出来，我还都抬起头看一看，不无迷茫与惶恐。可是，已经没有任何人待在窗前了。"正是在这一点上，罗兰·巴尔特从未成功地接受这一点：他在窗前再也看不到妈姆了。

---

① 阿尔伯特·科恩（Albert Cohen，1895—1981）：法国诗人和剧作家，写有《我妈妈的故事》（*Livre de ma mère*），是一部自传体作品，写于 1954 年。

Les derniers jours de
Roland B.

致　谢

这本书的资料来源出自三个方面。笔者曾与罗兰·巴尔特的许多朋友和弟子见过面，大部分人都热情和积极地同意回忆他们与罗兰的结识过程。我诚挚地感谢他们。笔者在叙述之中，选择一般只提及所采访的人的名字而不说出他们的姓的做法，为的是尊重他们（相对）的匿名要求，因为巴尔特在他的某些著作中也曾以这种方式提及他的有些朋友。

罗兰·巴尔特在生命弥留之际的最好证人，是他自己。他最终接受把他的个人生平逸事放进他的著作、数不清的文章或采访之中，他尤其充分地利用了《偶遇琐记》（*Incidents*）一书。该书于他去世之后出版，他在书中详细地介绍了他与那些小伙子的关系。他还自由地"削减"了一些引言，为的是只保留主要内容。

282　　　在好多年中，罗兰·巴尔特已成为许多小说或叙事作品中提及的文学人物。本书作者尤其使用了索莱尔斯和朱丽娅·克里斯蒂娃的见证文字，以及引用了埃里克·马蒂的漂亮文章《对于一种友情的记忆》（«Mémoire d'une amitié»），在这方面，作者也"削减"了一些引言。

　　　最后，我要特别感谢拉斐尔·巴凯（Raphaël Bacqué）和让-马克·罗贝尔（Jean-Marc Robert），没有他们的帮助，这本书大概会永远处在计划状态。

Les derniers jours de
Roland B.

参考书目

主要参考书目：

Roland Barthes, *Roland Barthes par Roland Barthes*, 283
Paris, Le Seuil, coll. «Écrivains de toujours», 1975.

Roland Barthes, *La Chambre claire. Note sur la pho-
tographie*, Paris, Les Cahiers du cinéma/Gallimard/Le
Seuil, 1980.

Roland Barthes, Incidents, Paris, Le Seuil, 1987.

Roland Barthes, *CEuvres complètes*, *tome* 5, *Livres*,
texte, *entretiens*, 1977—1980, Paris, Le Seuil, 2002.

Roland Barthes, *La Préparation du roman I et
II. Cours et séminaires au Collège de France* 1978—1979 *et*
1979—1980, Paris, Le Seuil/Imec, 2003.

Philippe Sollers, *Femmes*, Paris, Gallimard, 1983.

Julia Kristeva, *Les Samouraïs*, Paris, Gallimard, 1998.

Éric Marty, «Mémoire d'une amitié», in *Roland Barthes le métier d'écrire*, Paris, Le Seuil, 2006.

Alain Robbe-Grillet, *Pourquoi j'aime Barthes*, Paris, Christian Bourgois, 1978.

Collectif, *Prétexte Roland Barthes/Cerisy* 1977, Paris, 10/18, 1978.

Louis-Jean Calvet, *Roland Barthes*, Paris, Flammarion, 1990.

其他参考书目:

Roland Barthes, *Fragments d'un discours amoureux*, Paris, Le Seuil, coll. «Tel Quel», 1998.

Roland Barthes, *Comment vivre ensemble*, *cours et séminaires au Collège de France* (1976—1977), Paris, Le Seuil/Imec, 2002.

Rolomd Barthes, *Le Neutre*, *Cours au Collège de France* (1977—1978), Paris, Le Seuil/Imec, 2002.

Michel-Antoine Burnier et Patrick Rambaud, *Le Roland Barthes sans peine*, Paris, Balland, 1978.

Les derniers jours de
Roland B.

Albert Cohen, *Le Livre de ma mère*, Paris, Gallimard, 1954.

Patrick Mauriès, *Roland Barthes*, Paris, Le Promeneur, 1992.

Roger Peyrefitte, *La Mort d'une mère*, Paris, Flammarion, 1992.

René Pommier, Assez décodé !, Roblot, 1978.

Romaric Sulger Buel, *Roland Bathes artista amador*, Centro cultural Banco do Brasil, 1995.

参考杂志:

«Roland Bathes après Roland Barthes», in *Rue Descartes*, n°34, 2001.

Communications, n°36, 1982.

Poétique, n°47, 1981.

Roland Barthes au Collège de France, Imec, 2002.

Catalogue de l'exposition Roland Barthes au Centre Pompidou, Le Seuil/Centre Pompidou/Imec, 2002.

Roland Barthes, «Chroniques hebdomadaires», in *Le Nouvel Observateur*, 1978—1979.

译后记

　　这是一本介绍罗兰·巴尔特晚年写作与生活境况的书。作为罗兰·巴尔特几部书的译者和研究者，我曾希望更多地知道一些其生命过程中的细节。可以说，这本书除了有助于我们了解其某些作品，特别是较晚时期作品的写作背景外，也为我们了解其晚年生活的各个方面，特别是精神状态方面提供了可贵资料。

　　这本书从罗兰·巴尔特进入法兰西公学之后于 1977 年 9 月 1 日"首次开课"写起，介绍了当时的场景和与会人员的情况。可以说，这一时刻是罗兰·巴尔特声誉和影响力的巅峰，因为他终于被请上了属于法国高等教育最高荣誉的殿堂——法兰西公学。这是一所不发学位证书、无需注册的免费高等教育机构，任何人都可以前来听课。但是，它的教授却是法国各个学科最高水平的学者。它通常设有五十个左右的教授"讲座"。罗兰·巴尔特是通过教授们投票，并以高于竞争对手一票的结果被聘请为该公学"文学符号学讲座"教授的。而且，在这一过程中，正是他青年时的熟人和"情场对手"米歇尔·福柯帮了忙。联想到罗兰·巴尔特因为年轻时长期患肺结核病而没有获得过可以进入大学从教的足够的文凭，但却能最后登上法兰西公学的讲台，这真是一件不容易的事。这本书为我们提供了这一过程的某些细节，这是难能可贵的。从符号学角度来看待这一过程，如果我们为罗兰·巴尔特的成功设定一种语义轴的话，那就是从"奋斗"到"成功"，而它的"诚信模态"的符号学矩阵便是：

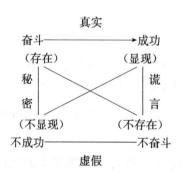

需要指出的一点是，罗兰·巴尔特在登上这一巅峰之前并不是完全"秘密"的。他当时已经很出名，早已经历过了叙述符号学上称之的"品质考验"（即水平考验）、"关键考验"（即代表性作品的出版），只是还没有获得一种标志性的确认。那么，被聘为法兰西公学的教授，则等于是拿到了证书。在这一过程中，由于他在投票前拜托了米歇尔·福柯，后者很可能是"违心地"（即"谎言"过程）为他投了赞同票，使他比对手以一票之多而当选。书中对于这一过程有所分析。不过，我们要说，福柯的这一票没有投错，罗兰·巴尔特当选后并没有辜负听众的期望，"一连三年，公学的第八教室都座无虚席。行政部门只好在另一间教室安上音响设备，以便让所有在学院街上急速奔跑的人都听得到罗兰的讲话。到了70年代末，巴尔特的独角戏真正成了必修课。"他在这一段时间里完成了"如何共同生活"、"中性"和"小说的准备"三个课题的讲授，为人们了解他的思想和理解文学符号学提供了丰富的信息和思路。这说明，他很好地经历了叙述符号学的最后阶段——"荣誉考验"。

从这本书中，我们不无惊讶地了解到，他1977年出版的畅销书《恋人絮语》竟是根据他的同性恋经验写成的。

作者写道："这部《恋人絮语》也是一部哀痛著述。一位深知其老师情感生活的学生说，他在这部著述的每一页都可以找到对于罗兰晚年生活中挥之不去的一个故事的影子：他对于另一个罗兰的痛苦激情。"为了使读者在书中看不出他之所爱是一位女性还是男性，他使用了一个中性对象名词"être aimé"（"所爱之人"），足见作者的用心。这使我们进一步理解，文学作品是离不开作品的创作主体（作者）的。主体性表现在这本书中是非常明显的。首先，它以单数第一人称"我"来讲述所有的"絮语"，这在罗兰·巴尔特进入结构主义研究以后的著述中是没有的，包括他自传体的《罗兰·巴尔特自述》也是以第三人称"他"来讲述由一位"小说人物讲述的"故事，因为他早在1968年就宣布了"作者的死亡"。其次，我们在这部书中明显地看到了一位恋人主体想要与其所爱对象结合的强烈"欲望"（"合取关系"）而又不能与之结合（"析取关系"）的可悲结果，而与这种情况相对应的陈述活动的"模态"便是"想要—欲望"、"非想要—欲望"，于是便出现了"期待"、"不出现"、"想象"、"晦气"等几十种场景。尽管我们知道书中的"我"应该就是罗兰·巴尔特本人，但是处于这些场景中的主体无不是法国符号学家让-克洛德·克凯（J.-

C. Coquet）主体符号学理论中的"非一主体"即处于想象之中的主体，而"非一主体"的想象结果在与现实结合时总是破灭的。《罗兰·巴尔特最后的日子》一书告诉我们，罗兰·巴尔特在写作《恋人絮语》之前一直追逐一名也叫罗兰的他的一位学生，而这另一位罗兰却是一位异性恋者，从而使他的"欲望"与其对象无法实现"合取"。《恋人絮语》中的某些场景，我们完全可以从《罗兰·巴尔特最后的日子》一书中对于这对师生的关系介绍上得到印证。

罗兰·巴尔特与母亲的感情是很深的，按照索莱尔斯的说法，这是"他最伟大和唯一的爱"。他把已经身衰力竭的母亲接到他在法兰西公学首次开课的大厅，让母亲分享他的最高荣誉。而在平时，他对于母亲的关怀也达到了无微不至的程度，他曾对他的几个学生说："自从妈姆生病以来，我的生活变了。我不仅自己没有时间，而且也感觉没有了别人的那种悠闲自在了"，"只有一件事放心不下：妈姆的健康。妈姆的心跳越来越微弱，两条腿越来越沉重，她实际上已经肢体不灵便了。罗兰拒绝送妈姆住院。妈姆将在他身边死去。"而他最后的出版物《明室》中的整个第二部分，就是他为母亲而写的，他写道："在妈姆生命的晚期，身体虚弱，非常虚弱……在她生病期间，我照顾她，把盛有她喜爱的茶的碗送到他嘴边，因为这比端起茶杯更容易喝"，"我可以在没有母亲的情况下活着……但是，我所剩下的生活直到最后肯定是没有质量的"。而且，这本书告诉我们，他1970年出版的《S/Z》一书之所以包含着93章，就是因为"妈妈出生于1893年"。他对母亲如此之爱，首先是因为他在不到一岁时就失去了父亲，他根本就没有保留对于父亲的记忆；其次，是因为他和母亲一起度过了艰难的岁月，是母亲靠微薄的战争抚恤金把他和比他小11岁的同母异父的弟弟养大成人；再就是母亲伟大的品格影响了他并获得了他的尊重，成了他为人做事的参照，"她能够把塞尔旺多尼街变成一处充满眷爱的港湾。她的两个儿子经常泊于其他的大陆：但他们总还是返回她的怀抱拴缆停靠"。这本书可以看作是对于《哀痛日记》的补充材料。我们中国读者不好理解的是，书中介绍说，罗兰·巴尔特把母亲比作了"我的女儿"和别人认为他们母子就是一对"情人"，这显然是基于自弗洛伊德以来的精神分析学概念所建立的判断。关于这种判断，我发电子邮件请教我翻译过的小册子《精神分析学导论》（天津人民出版社，2008）的作者、法国精神分析学家阿兰·瓦尼埃（Alain Vanier）教授。他回复我说："描述同性恋者对于母亲有着深沉和特殊的爱并不让人感到司空见惯。这种爱，因其达到了近似乱伦的程度（并不意味着真正的乱伦）而使他们转移了对于其他女人的兴趣。这在临床观察上很普遍，并且因人不同差别很大。罗兰·巴尔特属于那种极为强烈的情况。"这种解释也许有助于我们的理解。

这本书中，多处谈到了罗兰·巴尔特的同性恋表现，叫我们无法回避。不过，本书作者是怀着惋惜甚至嗔怪的心情去写的，因为罗兰·巴尔特越来越失败的同性恋追求加快了他走向死亡的速度。关于这种同性恋的原因，作者写道："在 70 年代，性自由并不是内容空洞的表达方式。其后果是：走调了。"我们知道，在 1968 年"红五月"运动之后的 70 年代，这一运动带来的法国家庭解体和性解放使法国社会进入了"反本性"（即"反自然"）发展的状态。人们后来虽然有所反思，但已无回天之力。作者哀叹，曾为他投赞成票让其进入法兰西公学的哲学家米歇尔·福柯因同性恋染疾过早地故去了。至于也是同性恋者的罗伯-格里耶的最后命运，译者从沈大力先生的著述《拉丁文苑》中了解到，他晚年的写作充斥着施淫狂的场面，"乃至跌进了恋童癖的怪圈……好像患了精神分裂症"①。

------

① 沈大力：《打丁文苑》，153 页，天津，百花文艺出版社，2011。

Les derniers jours de
Roland B.

《罗兰·巴尔特最后的日子》的作者想告诉我们的是，同性恋同样成了罗兰·巴尔特这位学术明星陨落的原因之一。通过这本书，我们也知道了他喜欢去摩洛哥度假的目的，而《偶遇琐记》则是他在那里"寻艳"时的零散记录。出于进一步了解的兴趣，我想到了罗兰·巴尔特开始其同性恋行为的时间问题。因为《罗兰·巴尔特自述》一书中说他青少年时曾在树下隐蔽处玩两性游戏，这说明他本是个无同性恋表现的男性儿童，那么，他从什么时候成了同性恋者了呢？《罗兰·巴尔特最后的日子》中谈到了两个时间：一个是他经历了七年的肺结核病康复疗养后于1948—1949在罗马尼亚担任法语学校管理员时就已经"夜游"了，但书中没有明确说他就是去找同性伙伴，而他离开布加勒斯特之后又去埃及当了两年的亚历山大大学法语教员；另一个是他年轻时曾与福柯在同性恋追求上有过不悦，而与福柯的相遇只能是在他1951年从埃及回到法国之后，因为比他小11岁的福柯这时刚进入青年阶段不久。如果罗兰·巴尔特在布加勒斯特时期的"夜游"无法进一步考证清楚的话，那么可以肯定的是，罗兰·巴尔特起码从50年代就已经是同性恋者了。我在法国工作期间，曾接触过一位法国同性恋研究者，按照他的说法，尽管某些人体内雌雄激素的多少可能与一般人有所不同，因而会表现出一定的同性"性倾向"，但它是个通过与异性生活在一起可以克服的问题，因此个人的"选择"是决定因素。如果是这样，那么罗兰·巴尔特为什么选择同性恋呢？这恐怕要与他年轻时家庭经济拮据和那个年代在萨特存在主义哲学思潮影响之下产生的"个体主义"行为价值有关，因为这种价值就是追求个人独立、个人幸福，从而也为后来的性解放做了铺垫。同性恋是一种没有家庭重负和义务的激情付出，这似乎可以说是部分法国同性恋者迈出这一步的重要原因。

这部书告诉我们，罗兰·巴尔特在度过了其声望巅峰之后，便是沿着一条下行线步入了他的死亡。作者并没有突出他被小卡车撞倒是他故去的主要原因，而是强调他身体和精神的多方面因素已经致使他走到了自己生命的终点：母亲的病逝给了他沉重的打击，他为母亲而写的《明室》一书没有得到社会的强烈反应，他虽然大谈特谈他的"小说的准备"，但已自感无力写出小说，他的那些男友一个个相继离去，这一切，使他患上了精神"分裂症"，甚至让他产生了"死的欲望"。而且，也正是由于精神恍惚，他才被小卡车撞倒，以至住院期间又诱发了他过去的肺病，从而无法挽回他的生命。这些内容，使我们可以根据从"巅峰"

Les derniers jours de
Roland B.

走向"死亡"的语义轴为他制定一个新的"诚信模态矩阵",而被小卡车撞倒则仅仅被看作是这个过程中的一个"谎言"(外在条件),因为连他弟弟也没有起诉小卡车司机的打算。

最后,这本书告诉我们,罗兰·巴尔特是一位谦虚的学者,"他并不把自己看作是大师"——包括为他组织研讨会活动时他也不是很主动,"他厌恶傲慢,拒绝以榜样自居","他越是成熟,越是受人尊敬,就越是既想毁掉他的塑像,又想毁掉他的地位","频频出现在电视节目上,这使他倍感压力",他甚至主张"要想活得快乐,就让我们隐蔽地生活"。罗兰·巴尔特的这一面,我们不曾在他的其他作品中看到。我想,这对于后人和作为外国读者的我们来说,是很有教益的。

怀　宇

2012 年 4 月 10 日

中国行日记

[法] 罗兰·巴尔特 (Roland Barthes) / 著
怀宇 / 译
ISBN 978-7-300-14621-8
定价：32.00元
出版时间：2012-01

有温度的历史，有态度的观察

纪录片镜头一样的素描，为我们展示了
一个外国学者眼里的七十年代中国。

◎ 罗兰·巴尔特唯一有关中国的著作
◎ 七十年代中国的另类展示
◎ 私人记录与中法文化的交错碰撞

　　1974年春天，正处在"批林批孔"运动中的中国大地，迎来了一个包括学者罗兰·巴尔特、克里斯蒂娃和作家索莱尔斯在内的五人代表团。他们在二十多天中访问了北京、上海、南京、洛阳和西安等城市，参观了各地的重点景物、历史古迹以及学校、医院、"人民公社"、工厂。
　　在这段充满神秘色彩的旅程中，罗兰·巴尔特写了三本日记，详细地记录了他在中国所见到的人和事，并加入了较为个人化的评价。

◎ 全世界最特别的一部悼念书，最沉重的一册怀恋语
◎ 当代著名理论家和文化评论家罗兰·巴尔特的内心密语和悲伤倾诉
◎ 看哀痛作为一种情感，如何影响每个人的生活

哀痛日记

1977年10月26日
—1979年9月15日

每个人都有母亲，巴尔特的哀痛，也正是我们的哀痛

　　1977年10月25日，罗兰·巴尔特的母亲在经历了半年疾病折磨之后辞世。母亲的故去，使罗兰·巴尔特陷入到极度悲痛之中。他从母亲逝去的翌日就开始写《哀痛日记》，历时近两年。
　　这是一部特别的日记，共330块纸片，短小而沉痛的话语，记录下了他的哀痛经历、伴随着哀痛而起的对母亲的思念，以及他对于哀痛这种情感的思考和认识。

[法] 罗兰·巴尔特 (Roland Barthes) / 著
[法] 娜塔丽·莱热 (Nathalie Léger) / 整理、注释
怀宇 / 译
ISBN 978-7-300-14619-5
定价：29.80元
出版时间：2012-01

男性统治

◎ 社会性别研究领域的标志性著作
◎ 社会学大师布迪厄晚年代表作
◎ 解释每个人都可能存在的潜在性别
　　歧视，暴露你已所不察的性别观

　　布尔迪厄一直致力于揭露所有社会领域中存在的统治关系：统治者将他们的价值观念强加给被统治者，被统治者不知不觉地参与了对自身的统治，这其中就包括潜藏在男性和女性无意识中的"性别统治"。《男性统治》正是布尔迪厄为从理论上颠覆表面上自然的、合法的性别等级，从实践上为妇女解放提供更大的可能性所作出的努力。

[法] 皮埃尔·布尔迪厄（Pierre Bourdieu）/ 著
刘晖 / 译
ISBN 978-7-300-14632-4
定价：25.00元
出版时间 2012-01

颠覆固有性别观念，建构新型性别关系

即将出版

《偶遇琐记　作家索莱尔斯》　　　　[法] 罗兰·巴尔特
《自我剖析》　　　　　　　　　　　[法] 皮埃尔·布尔迪厄
《世界的苦难》　　　　　　　　　　[法] 皮埃尔·布尔迪厄
《嘴唇曾经知道：策兰、巴赫曼通信集》　[德] 保罗·策兰
　　　　　　　　　　　　　　　　　[奥地利] 英格褒·巴赫曼

文化慢光丛书

| 《关于我父母的一切》（修订版）　南帆 |
| 《地老天荒读书闲》　　朱小棣 |
| 《书里书外的流年碎影》　赵勇 |
| 《文人的左与右》　　孙郁 |
| 《红莓与白桦》　　梁归智 |
| 《远看是山　近看是树》　劳马 |
| 《兄弟在美国的日子》　朱国华 |
| 《梦语者》　　唐朝晖 |
| 《路上的春天》　聂尔 |
| 《金陵生小语》　蒋寅 |

潜望镜文丛

| 《欲望号街车》　　张闳 |
| 《无调性文化瞬间》　杨小滨 |
| 《白垩纪文学备忘录》　张柠 |
| 《被压迫的美学》　　冯原 |
| 《土地的黄昏》（修订版）　张柠 |

图书在版编目（CIP）数据

罗兰·巴尔特最后的日子/（法）阿尔加拉龙多著；怀宇译.—北京：中国人民大学出版社，2011.12

（明德书系·文化译品园）

ISBN 978-7-300-14773-4

Ⅰ.①罗… Ⅱ.①阿…②怀… Ⅲ.①巴尔特，R（1915～1980）-评传 Ⅳ.①B565.59

中国版本图书馆 CIP 数据核字（2011）第 234252 号

明德书系·文化译品园

罗兰·巴尔特最后的日子

［法］埃尔韦·阿尔加拉龙多　著

怀宇　译

Luolan Ba'erte Zuihou de Rizi

出版发行	中国人民大学出版社
社　址	北京中关村大街 31 号　　**邮政编码**　100080
电　话	010 - 62511242（总编室）　　010 - 62511398（质管部）
	010 - 82501766（邮购部）　　010 - 62514148（门市部）
	010 - 62515195（发行公司）010 - 62515275（盗版举报）
网　址	http://www.crup.com.cn
	http://www.ttrnet.com（人大教研网）
经　销	新华书店
印　刷	涿州市星河印刷有限公司
规　格	130 mm×183 mm　32 开本　**版　次**　2012 年 6 月第 1 版
印　张	9.125　插页 2　　　　　　　**印　次**　2012 年 6 月第 1 次印刷
字　数	140 000　　　　　　　　　　**定　价**　32.00 元